汚され志願

Lilica Aomomo
青桃リリカ

Honey Novel

Illustration

芒其之一

CONTENTS

序

フレデリカの喉《のど》は震えていた。

しかし他に頼れる人はいない。今目の前に気怠《けだる》げに座り、だらしない身なりで髪をかき上げてばかりのサーディス・ビアーズ侯爵を除いては。

「ですから、私を……」

ごくりとつばを飲み込んだ。まだ言葉は喉につかえている。フレデリカは乾いた唇を舌先で湿して思い切って言った。

「私を、汚《けが》して欲しいのです」

しっかりと芯《しん》のある声が闇《やみ》を映す窓に跳ね返った。

「なんだと？」

サーディス侯爵の冷たく整った顔が歪《ゆが》んだ。

「いいえ、いっそのこと……」

フレデリカはぎゅっと目をつむり、再び開けたときにはもう激情に引きずり込まれていた。

「いっそのこと、この私を、貴方《あなた》の手でめちゃくちゃにして欲しい！」

そう、もう何もかも壊したい。継母《ままはは》に押さえつけられて従順な私、我慢と服従ばかりの日々、すっかり変わってしまった私の父。

「いいだろう」

サーディス侯爵は冷酷に答えた。

「私のこの邪悪な手で、……」

だん！　と鈍い音を立て、拳《こぶし》がフレデリカのすぐ脇の窓を打った。

とっさに反対側に逃れようとしたフレデリカの耳を掠《かす》め、再びどん、と音が響く。

「……思う存分、君を汚そう。お望み通り、めちゃくちゃになるまで」

サーディスは両手を窓についたままだ。

「いいか、フレデリカ。君は、今から……、そう、私の新しい玩具《がんぐ》だ」

フレデリカは完全に閉じ込められた。

第一章

その一通の招待状の話は十三歳のフレデリカ・クレペラの顔を一瞬にして薔薇色《ばらいろ》に染め抜いた。

ちょうど乗馬を楽しんできた戻りだった。過ぎゆく夏を惜しむためにほんの少しだけ遠出をし、夏の終わりにつきものの雨が残した水たまりの水を撥《は》ね上げて駆け抜けた。

母に見つかればきっとお転婆《てんば》を嘆かれるから、びくびくしながら家族の居間の前の廊下を忍び足でそうっと通り抜けようとしたときだ。両親がフレデリカの名前を口にしていた。つい足を止め、聞き耳を立てる。どうやらお隣のサーディス・ビアーズ侯爵がフレデリカを舞踏会に招待したらしい。

「お母様！　それ本当？　ねえお父様、私その舞踏会に絶対に行きたいわ！」

生まれて初めての招待状！　憧《あこが》れの初めての舞踏会！

お行儀も乗馬のあとの身仕舞いも吹き飛び、フレデリカは居間に飛び込んだ。

「まあフレデリカ」

母親のフローリアは笑顔を湛《たた》えて立ち上がったが、たしなめるようにフレデリカの頰《ほお》に触れる。

「聞いてしまったのね？　でも、まずはどろんこの可愛《かわい》いお顔を洗って着替えていらっしゃい。お父様もお母様も泥だらけの乗馬服の貴方とはお話できません」

「あら」

フレデリカも頰に触れてみた。指先に乾いた粘土質の土がつく。首をうつむけて衣服を確認すると、からし色のジャケット、白いズボン、皮のブーツにまんべんなく水たまりの泥が撥ねて渇き、大小の丸い白い跡がついている。桃色がかった金髪の巻き毛は、二つに結んで垂らしてあったが、くるんくるんと丸まったカーブにも泥はねがついて固まっている。フレデリカは笑いだした。

「やだ私、全身が水玉模様だわ」

「湿地のほうまで走ってきたのかい」

父親のクレペラ伯爵も立ち上がり、フレデリカにそっくりの青い目をとても心配げに細めた。

「そうなのお父様。ぬかるみに踏み込んでしまったりもしたけど、賢いオリオンはすぐに乾いた地面を見つけて脱出するのよ」

「ぬかるみ？　まあ恐ろしい！　大事な貴方が泥地に踏み込んで動けなくなったらと思うと

お母様は……！」

フローリアが両腕を伸ばしフレデリカを引き寄せ抱きしめた。

「ちゃんと気をつけているから大丈夫。それより私はどろんこで、お母様のドレスが汚れてしまうわ」

「私のドレスなどいくら汚れても構いません」

ぎゅうぎゅうと抱きしめてくる母の腕をそのままに、フレデリカはクレペラ伯爵に目を合わせた。

「お父様、私の十三歳のお誕生日にオリオンを私に譲ってくださって本当にありがとう」

クレペラ伯爵は思慮深い瞳《ひとみ》に微笑《ほほえ》みを乗せた。

「オリオンは私の馬の中でも飛び抜けて賢く足も強い最高の馬だった。だからお前に贈ったのだよ。お前は一人で乗りに出かけたがるし、もし危険な目に遭っても、オリオンならお前の力になって必ず助けてくれるだろうと」

「お父様……」

フレデリカは胸が熱くなった。だが照れ隠しにわざとちらりと舌を出して見せる。

「おっと忘れちゃいけないわ」

フレデリカはぱんと手を打った。

「私、聞いてしまったのよ。サーディス・ビアーズ侯爵が、私を舞踏会に招待してくださったこと」

　フローリアは腕をゆるめるとフレデリカと目を合わす。

「でもフレデリカ、貴方はまだ社交界に正式にデビューしていないのよ？　だから、せっかくのご招待だけれど今回はお断りしようとお父様と相談していたの」

　ビアーズ侯爵家とクレペラ伯爵家は敷地が代々隣り合わせにあった。とはいえ、それぞれの土地は広大で住まいにしている邸宅は数キロほども離れている。両家は長くよい関係を築いており、フレデリカは幼い頃から五歳年上のサーディスを慕い、サーディスは活発な隣家の少女の相手を辛抱強く務めてくれていた。

「舞踏会に行きたいのかい？　フレデリカ」

「あなた！」

　特別なプレゼントが欲しいかい？　と期待させるような甘い声で娘の気持ちを尋ねたクレペラ伯爵に、フローリアはとがめるような声を出す。

　フレデリカはそっと母の腕から抜け出し、身体《からだ》をまっすぐ父親に向けた。

「ええ。私行きたい。私、乗馬も木登りも大好きだけど、舞踏会もきっと大好きになるわ」

「お母様はまだ早すぎるのではと思うのですよ。昼間のガーデンパーティに招かれたならまだしも、サーディス侯爵主催の舞踏会となるとお客様も大勢いらっしゃるし……、その、万が一」

「そうだな。こんなに愛らしく美しいフレデリカだ。早々に見初《みそ》められて結婚など申し込まれ、話が進めば私たちは寂しくて仕方ないだろう」

クレペラ伯爵はうなずきながら、再びためらう素振りを見せた。

でも私は行きたいったら行きたいの！

フレデリカは話がうまく運ばない焦《じ》れったさに地団駄を踏みたい思いだった。けれど、ここはぐっとこらえて両親を見上げて訴える。

「私、結婚なんてまだ考えたこともないわ。私みたいなやせっぽちでお転婆な女の子と結婚したがる男性がいるかしら？　でも舞踏会には行きたいの！　裾《すそ》の膨らんだドレスを着て髪を高く結い上げて、音楽に合わせて蝶《ちょう》のようにワルツを上手に踊ってみたいの。ね、いいでしょう？　お父様」

フローリアとクレペラ伯爵は顔を見合わせ、どうしたものかと思案している。

もう一押しだ、とフレデリカは踏んだ。

「お願い、お父様、お母様」

二人を交互に見上げると、先に折れたのはクレペラ伯爵だった。

「サーディス侯爵邸はなんといってもお隣だし、フレデリカがまだ社交界にデビューしていないこともちゃんとわかっていらっしゃる。その上で招いているんだよ。実はね、内輪の舞踏会なので気楽にぜひ、と侯爵じきじきに招待状を届けてくださったのだ」

「ええつ、サーディスが訪ねてきてくれたの？　行き会えたら遠乗りに誘えたのに……！」

フレデリカは無念さに天井を仰いだ。

「サーディス・ビアーズ侯爵とお呼びしなくてなりませんよ。フレデリカはよく遊んでいただいたけれど、あの方もビアーズ侯爵家を継ぎ、もう立派な大人なのですからね」

すかさずフローリアが小言を言う。

「はあい。お母様。気をつけます」

フレデリカが素直にうなずくとクレペラ伯爵はたちまち相好を崩す。

「では、このご招待はお受けする、ことにしていいのかな、フローリア」

フローリアはまだ決めかねているようだった。娘の顔をじっと見る表情は少し固かった。

フレデリカは息をつめる。お願い！　と心で母に訴える。

やがてフローリアは目元をゆるませた。愛《いと》しげにフレデリカの巻き毛に指を埋め、髪を撫でる。

「お母様はね。初めての舞踏会は十五歳だったの。とても楽しみで胸がいっぱいで、一ヶ月も前からよく眠れなかったものよ。……貴方もこれから寝不足かしら？」

フレデリカは青色の目をぱちりとまばたきし、つまり、母は許可を出してくれたのだと気づいて子鹿《こじか》のように瞳を輝かせた。

「ありがとう！　お母様、私お行儀よくするわ！」

てくる。

フレデリカは母親に抱きつき、するとクレペラ伯爵も抱きあう母子に腕を回して抱きしめてくる。

それから居間にはフレデリカと両親の楽しげな笑い声がしばらく響いた。

フレデリカと抱きあったせいで、乗馬服の泥が両親の衣類を汚していた。両親は布地にこすれた乾いた泥にうめき、娘のお転婆ぶりを嘆いた。だがフレデリカは彼らが自分を充分に愛してくれていることはわかっていたし、このお転婆をやめるつもりもなかった。

舞踏会が楽しみで笑いが自然とこぼれてしまう。

フレデリカは父の手を取ると三拍子をカウントし、ステップを踏んでワルツに誘った。

父は初めこそは戸惑っていたが、それでもフレデリカと踊ってくれた。

唇から自然とメロディがこぼれる。曲はピアノで練習した大好きな「夜を渡る三日月《みかづき》の船」だ。

母が明るい笑い声をたて、フレデリカのハミングに合わせて歌う。

「ね、私、お父様もお母様も大好き」

「私たちもだよ。愛しているよ、可愛いフレデリカ」

「ええ、お母様も貴方が大好きよ。乗馬服を着替えて顔を洗ってくれたらますます可愛くなると思うけど？」

フレデリカは小さく肩をすくめる。けれどもう少しだけ歌い踊り続けたい。

母に見守られ、父と幼いワルツを踊りながらフレデリカは幸せだった。


舞踏会が行われるのは一ヶ月後の十月十日だ。

にわかに忙しくなった。フローリアは舞踏会に向けてフレデリカにドレスを新調することに決め、王都のクチュールハウスからデザイナーを呼んで生地を選ぶことから始めた。

フローリアとフレデリカはこれも素敵、あれも捨てがたいと盛り上がり、ようやく決めた布地はフレデリカの子鹿のようにつぶらな青い瞳と桃色がかった金髪が引き立ち、初々《ういうい》しさが匂《にお》い立つような金糸雀《カナリア》色が輝く絹地だ。

「でもこの色は子供のドレスみたい。ちょっと幼くないかしら」

フレデリカは不満だったが、母が十三歳にはぴったりよ、と笑って押すのと、光沢のある布をまとい鏡に映した自分の美しさに驚いたので賛成することにした。

次はダンスのレッスンだった。

先日に父と踊ったのは見よう見まねの子供の遊びだ。舞踏会で踊るならば基礎を身につけ、優雅に美しく、むろんでたらめのステップは踏めない。

ダンスの家庭教師が住み込みとなり、一日二時間の集中レッスンが設けられた。しかし、フレデリカは言い渡されていた。舞踏会で踊っていいのは父とサーディス侯爵のみ。それでもフレデリカはサーディスと踊る自分を夢見て、熱心に練習に励んだ。

ダンスの教師を嘆かせたのは最初のうちだけで、じきに上手に踊れるようになった。音楽に身を任せ、相手の呼吸を読み取り、合わせるでもなく自然に寄り添う。リードを任せてついていく。そのうちに二人の息はよくまとまり、身体がどこまでも軽やかになる。

「馬と駆けるときの一体感に似ているわ」

フレデリカはこっそりと思った。ダンスの教師を馬に例えるのは心苦しかったが、フレデリカは内心でぺろりと舌を出し、厳しい練習についていった。

フローリアは眠れない日々を過ごすと語ったが、フレデリカはほぼ毎晩、ぐっすり眠る一ヶ月を過ごした。心臓に毛が生えているのかもしれない、と思ったが、毎日はめまぐるしく忙しかったのだ。

朝のひとときの乗馬を楽しみ、それからは日課である社交界での公用語クレオンス語の特訓、知性と教養を身につけるための女性教師の授業、さらにダンスの練習の合間に息抜きに庭で木登りをして気晴らしをした。クチュールハウスの担当は何度もやってきてドレスの細部について承認を求めてくる。

ようやく仮縫いが終わり、ドレスはいよいよ出来上がりを待つだけになり、クレオンス語会話も上達し、ダンスもとても上手になる。フレデリカは舞踏会に向けて自分が仕上がってきた実感を得ていた。

はっきり言えば毎日へとへとだったが、それがとても充実していて、フレデリカは楽しかった。

「サーディスがひっくり返るような素敵なレディになってみせるわよ」

ベッドに入って眠りに落ちるまでのひととき、いたずらを企《たくら》む子供のような気持ちで思う。くすくす笑いが込み上げてくるが、フレデリカは毎晩ことんと眠りに落ちた。

舞踏会の夜が訪れた。

髪を高く結い、唇に紅も差し、三日前に届いたドレスと揃《そろ》いの刺繍《ししゅう》入りの布靴をいよいよ本番として身につける。

目にも鮮やかな金糸雀色のドレスだった。大きく広がった裾から腰に向けて芥子《けし》の花とつぼみが繊細に刺繍され、腰からはまるで霞《かすみ》のような紗《しゃ》のフリルがついている。袖口と肩にも同じフリルが幾重にも贅沢《ぜいたく》に重ねられ、フレデリカが歩くたびに風を孕《はら》みふわふわと甘く揺れ動く。

胸元はラウンド・ラインだった。ニードル・レースで縁取られ、ドレスと同色の大きなリボンをふんわりと盛って結んであり、華やかだ。フレデリカは実は気にしていたことがあり、そばで見ていてくれる母の耳に唇を寄せた。

「お母様。私まだ……その、胸があまり膨らんでないでしょう?」

「大丈夫」

フローリアはレディらしからぬウインクを返した。テーブルに用意してあった真珠《しんじゅ》のネックレスを取り、フレデリカの細い首に巻く。

「胸元の膨らんだリボンがとても愛らしいわ。誰も貴方の胸の大きさなんて気にしないわよ」

母の言葉でフレデリカは自信を取り戻した。さりげなくスカートをつまみ上げると砂糖のように真っ白でひらひらのフリルのペチコートがのぞき、金糸雀色のドレスの生地と相まって清潔な愛らしさがなお引き立つ。

思わずため息が漏れた。

「私、綺麗に見えるかしら」

「もちろんよ！　鏡に映っているのはだあれ？」

フローリアが笑い出した。

ひとしきり二人で笑いあったあと、フローリアは西の大国クレオンス帝国の寄宿学校に留学しているフレデリカの兄の名を口にした。

「フェルナンドは留守にしていて、今夜の妹の晴れ姿を見ることができなくて残念ね」

部屋の扉がノックされた。

「お姫様がた、用意は進んでいるかい？」

待ちきれないようなクレペラ伯爵の声がした。温厚な彼がこのような感情を乗せた声を出すのはめずらしい。

　フレデリカとフローリアは顔を見合わせてまた笑ってしまった。

「お待たせしました。あなた」

　フローリアが扉を開けて待ちぼうけのクレペラ伯爵を招き入れる。

　髪を結い、華やかな舞踏服に身を包んだフレデリカを眺めたクレペラ伯爵はうなった。

「素晴らしい！　しかし、いや、ううむ」

「やだ。私なにかおかしい？　お父様」

　取り戻した自信が消えかかる。だが、クレペラ伯爵は熱っぽく娘を見つめた。

「いや、これほど美しいとは！　フレデリカ、私はお前を舞踏会に連れていくのがもったいない気がしてきたよ。どこにも出さずに大事に隠しておきたいような、いやしかし、大勢にとくと見せびらかしたいような、おお、とても決めかねる苦しい気持ちだ」

「あなたったら」

　フローリアが笑いだした。

「しかし時間だ。もう出なくては」

　クレペラ伯爵は首を振り、フレデリカに向けて腕を差し出す。

　フレデリカはわくわくしながら、母がいつもしている姿を真似《まね》て父の腕につかまった。部屋を出て階段を下り、玄関ホールを抜けるとクレペラ家の家紋をあしらった夜会用の箱馬車が待っていた。本当は一人で乗り込めるけれど、レディらしく父の手を借りて乗り込む。舞踏服に身を包んだ父は立派で、母も見とれるほど美しく、フレデリカは誇らしく思う。

それに比べて自分はどうだろう？

また自信がなくなり、フレデリカは母の顔を見た。母はわずかに目をみはり、すぐに励ますような微笑みを浮かべた。そっとフレデリカの手を握る。

「フレデリカ。貴方はとても美しいわ。ドレスも、結い上げた髪もとても似合っている。自信を持っていらっしゃい」

「お母様……」

確信に満ちた母の言葉はフレデリカの不安を優しく包む。フレデリカは眉《まゆ》を下げてフローリアを見上げる。クレペラ伯爵も手を重ねてきた。

「お前は私たちの自慢の娘だ。私は舞踏会で男性たちの目にお前をさらすのがもったいないような見せびらかしたいような……」

「お父様ったらまだ言っているわ」

フレデリカの唇から鈴を振るような笑いがこぼれ、それはフローリアとクレペラ伯爵にも伝染し、箱馬車の中は明るい笑いが溢《あふ》れた。

二十分ほど揺られると馬車はビアーズ侯爵邸の門をくぐった。日没の残照に照らされた美しい庭園を抜け、立派な玄関前の車寄せに停《と》まると従僕たちが近寄ってくる。馬車から降りるための踏み台を出し、まずはクレペラ伯爵が下車した。クレペラ伯爵の腕に支えられてフローリアが降り、最後にフレデリカが降り立った。

いよいよ、初めての舞踏会だわ。フレデリカの心臓は静かに音を立てている。

玄関ホールに入りまず目に入ったのは大理石のモザイクを施した床に敷かれた東の異国の絨毯《じゅうたん》だった。先に到着した幾人かの客人がおり、彼らの身につけた装飾品をきらきらと輝かせているのは高い天井のシャンデリアだ。

陰影を孕《はら》んだきらびやかな輝きにぽかんと口を開けそうになり、慌てて唇を結んだフレデリカにすっと近づいてきた人物がいた。

「ようこそおいでくださいました。クレペラ伯爵。フローリア伯爵夫人」

サーディス・ビアーズ侯爵だ。フレデリカは思わず目をみはった。

舞踏服に身を包んだ彼は、麗人、という言葉で表すしかない美貌《びぼう》を湛え、優雅な所作で歓迎の挨拶《あいさつ》をしてきた。

「フレデリカ」

サーディスは視線をクレペラ伯爵夫妻からフレデリカへと移した。彼の琥珀《こはく》色の瞳が大きくなり、やがて甘苦しく優しげに細められる。

フレデリカは見つめてくる瞳に吸い込まれそうになる。爪先から頭のてっぺんまで経験のない甘美な痺《しび》れが走り抜けるのを感じた。

「よく来てくれたね。私はとても嬉《うれ》しいよ」

「え、ええ……。ご招待くださってありがとう」

雲の上を歩いているようなおぼつかない心地で、フレデリカはサーディスを見つめ返しながらやっとのことで返事をした。

最後にサーディスに会ったのはいつだっただろう。ほんの半年、いや一年くらい経《た》っているのかしら。

いつのまにかサーディスはフレデリカの記憶をはるかに超える麗《うるわ》しい青年貴族になっている。

髪はグラスの中で輝く香り高いブランデーの色だ。そこに明るい金髪が幾筋も混ざり、それは彼の華やかな美貌をさらに魅惑的に彩《いろど》っていた。長い手足、広い肩幅、厚い胸は誇らしげにぱんと張っていて眩《まぶ》しい。胸元はシルクのスカーフで締められていたが、ちょうど喉仏がのぞいているのに気づき、フレデリカはどぎまぎしてあわててそこから視線を剝《は》がす。

すると目に入ったのは銀糸で刺繡を施したサーディスの重厚なジャケットだった。前身頃が斜めに裁ち落とされて、がしりとした前腰が露《あら》わになる粋なデザインにまたどきりとする。

どこを見てもサーディスは潑剌《はつらつ》とした男性の色香を濃く立ち上らせており、フレデリカはその香気に当てられいっそ父の胸の中に倒れ込んでしまいたくなる。

サーディスが瞳を大きくした。それから、自らを誇るように唇の端を少し持ち上げ、さらに熱い眼差《まなざ》しでフレデリカを見つめた。

「クレペラ伯爵。フレデリカ嬢を今夜の舞踏会にご招待したことを、お許しくださって心から感謝します」

サーディスはフレデリカから目を離さぬまま低くつぶやくように口にした。

「フレデリカ、君はまるで天から落ちてきた金色のひとしずくの蜜《みつ》のようだ」

熱のこもった声だった。フレデリカは自分が火に炙《あぶ》られてとろけていくマシュマロのような気持ちになる。

「神話で謳《うた》われた美の化身も君のそばでは色褪《いろあ》せるだろう。今夜、君と踊ることが許されているのが、父上の他には私だけというのはとても名誉で誇らしいことだ。そのときが待ちきれない思いだよ」

サーディスはフレデリカの手を取ると恭《うやうや》しく口づけた。

フレデリカの頰がさっと染まる。

見つめられ、形式的な賛美と挨拶をされただけでこれほど胸がずきずきするのに、手を触れサーディスとワルツを踊れば心臓は壊れてしまうかもしれない。

「わ、私も、楽しみにしていますわ」

それだけ言った。やっとの言葉だった。本当はもっと話していたい。だがまた新しい客人が玄関ホールに到着していた。

「ダン・ダルスコット男爵がご到着です」

執事が高らかに声を上げる。

サーディスは名残惜《なごり》しげにフレデリカを見つめると、クレペラ伯爵夫妻に挨拶を残しビアーズ侯爵家当主として客人を迎えるべくその場を離れた。


舞踏会が始まった。

ヴァイオリンの弓がきらめく響きで鳴り渡り、金管楽器がそれに続くと楽団は全員で合奏となった。ホールに優美な旋律が溢れ、華やかな雰囲気のもとで人々はパートナーの手を取って一斉に踊り始めた。美しく着飾った淑女たちの絹のドレスと宝石の輝き、つばめのように尾を垂らした舞踏服の紳士。フレデリカの両親はまだ踊らず、彼女を守るように両脇に立っていた。幾組ものカップルが楽しげに踊ってフレデリカに近づいたり離れたりする。フレデリカは気圧《けお》されたが、背筋をぴんと張ってレディらしく微笑みも常に絶やさなかった。

二曲目の演奏が終わると父と母が踊り、次にフレデリカも父と初めてのワルツを踊った。リボンで飾られた胸が興奮で弾む。猛練習の甲斐《かい》もあって足は軽やかにステップを踏む。

一曲を夢中で踊り終えると言葉にならない感動が身体を走った。

「ああ、私、お父様……」

クレペラ伯爵はフレデリカを気遣うと優しく目を細めた。

「そんなに息をつめて、少し休んで飲み物をもらうかい？」

「ええ、お願い。お父様」

壁際に用意されたソファに倒れ込むように腰を下ろす。見知らぬ青年貴族が次々と現れ、フレデリカにダンスを申し込む。そのたびにクレペラ伯爵かフローリアが丁寧に断り、青年たちは残念そうに振り返りながら去っていった。

やがてフレデリカの存在が舞踏会場の人々の口の端に上るようになった。フレデリカはちらちらと視線を投げかける人々が増えるにつれて緊張した。

楽団が「見よ、私の素晴らしき人を」の曲を最後に小休憩に入った。

果物入りのパンチ酒と一口でつまめるプチ・ケーキ、ビスケットを載せた銀盆を携えたボーイがドレスと燕尾服《えんびふく》の合い間をゆっくりと縫う。フロアはざわめきで満たされ、やがて人々はあちらこちらで小さな輪を作り、歓談を繰り広げた。

フレデリカは特別に父に許されてパンチ酒を舐《な》めたが、慣れないアルコールに驚いてケーキだけいただくことにした。舞踏会に連れてきてくれたことを両親に感謝し、踊る両親もとても素敵だったと興奮のままに話していた。

ホールのざわめきが波のように揺れた。ざわめきは遠くからゆっくりと静まり、静寂がフレデリカに近づいてくる。

「何かしら」

フレデリカが首をかしげるまでもなく、紳士淑女を二つに分けながら輝くような青年がこちらに向かってくる。

サーディスだった。パンチ酒を手にした人々は誰もが彼に道を譲り、サーディスは次々に行き過ぎる男性とすれ違う。サーディスのジャケットはどの男性よりもぴったりと身に沿い、生地も仕立ても素晴らしい。舞踏服だけでなく、彼自身も他の追随《ついずい》を許さない華やかさだった。姿勢よく足の運びの堂々たること、シャンデリアの光に照らされ輝く髪のブランデー色と金の筋が優美なこと。さらに輝いていたのは表情だ。

琥珀の瞳が蜜を塗ったように輝き、頬は赤みが差して紅潮し、唇は光沢を帯びていた。見《み》惚《と》れるような微笑みを浮かべる唇のカーブがキューピットの弓を彷彿《ほうふつ》とさせる。紳士淑女はサーディスが通り過ぎると耐えきれぬようにため息を漏らす。

完璧《かんぺき》な男性美を誇るサーディスがフレデリカの目前に立った。

「フレデリカ。次の曲を、ぜひ私と」

「は、はい……！」

フレデリカの返事を待っていたかのように、トランペットが高らかに旋律を奏でた。どこか哀愁を帯びた響き、続くホルンの柔らかな音色、ヴァイオリンとチェロのパートが官能的に甘く絡む。

この曲……、「夜を渡る三日月の船」だわ……!

フレデリカのつま先から指の先まで喜びに血潮が沸き立った。

前奏が終わると、サーディスは踊りながら船が出帆《しゅっぱん》するような滑らかさでフレデリカをホールの中心にいざなった。

浴びる視線、二人の影を放射状に作るシャンデリアのきらめき。それは夢の時間だった。三拍子の大好きなメロディときめ細やかで鮮やかなリード、フレデリカは背中に見えない翼が生えたような軽やかさで身体が自在に舞うのを感じた。いや、身体などとっくに脱ぎ捨てて魂だけがサーディスと共にくるくると楽しげに舞っているのだとさえ感じた。

見守る両親の温かな眼差し、客人たちの賞賛と好意的な視線、はじめは目の端に入っていたそれらもすぐに遠くに行ってしまった。フレデリカはサーディスだけ見つめる。サーディスもフレデリカから目を離さない。二人の唇から微笑みがこぼれる。

途中に楽しい「子鹿のポルカ」を挟んでフレデリカは少し汗ばみ、三曲目はゆったりした曲調のロマンティックなワルツになった。曲が終わり、サーディスはフレデリカをクレペラ夫妻のもとに連れて戻る。

両親の温かい眼差しに包まれてもまだフレデリカは夢心地だった。

「さあ、今夜はそろそろ帰りましょうね」

フローリアの声に我に返る。

「え？　私、もう少しだけ楽しみたいわ」

「普段ならとっくにベッドに入っている時間だよ」

クレペラ伯爵がフローリアの肩に手をかけ、ゆっくりと首を横に振る。

「フレデリカにさよならのキスを」

サーディスが素早くフレデリカの手を取り、汗ばんだ手袋の上から口づけた。

名残惜しかったが仕方がなかった。サーディスに送られて両親と舞踏会場をあとにする。

クレペラ家の箱馬車に乗り込み、深い長いため息をついた。

父の言う通り、いつもならベッドに入っている時間だ。お気に入りの毛布にくるまって実は夢を見ているだけかもしれないとフレデリカは思った。

不安を覚え、隣に座る母を見ると優しくうなずき返してくれる。

馬車の窓から低く三日月が見えた。

夢ではない。私は初めての舞踏会に赴き、サーディスとワルツを二曲とポルカを踊った。

夜も更け、街灯の青白い光で石畳の道が濡《ぬ》れたように艶《つや》めいていた。


あの晩から三年が経ち、十六歳になったフレデリカは思う。

初めての舞踏会の夜、私は本当に幸せだった。これは夢かと恐れながらもその幸せが続くことをまったく疑いもしなかった。あれから私の家族と日常は変わり、痛みをもたらすものになった。

そしてまた、よからぬ変化はサーディス・ビアーズ侯爵にも訪れていた。


課せられている重い日課をようやくやり遂げたフレデリカは、晩餐《ばんさん》までのわずかな時間にオリオンを走らせ丘を駆け登ってきた。

日没になんとか間に合った。フレデリカは肩で息をしながらオリオンから下馬し、傍らの墓標にひざまずいた。

石に刻まれた文字を指でたどる。

──フローリア・クレペラ　ここに眠る。彼女は夫を愛し子供たちを愛し今なお家族の幸せを願う。この石に触れる者に幸いあれ──

フレデリカは母のために短く祈った。もっと長く祈っていたいが、早く帰宅しないと継母のイザベラに強く叱責《しっせき》されてしまう。

フレデリカが愛していた母、フローリアはあの舞踏会の翌年のもうすぐ春がくるという二月に命を落とした。冬に猛威を振るっていた流行風邪をこじらせたのだ。フレデリカは感染するといけないと見舞いもあまり許されず、病状の深刻さを知らされることもなかった。

「お母様。私は元気よ。大丈夫」

フレデリカは立ち上がると茜《あかね》に染まる夕映えを眺めた。春めいた空のぼんやりした雲は沈みゆく太陽の光を受けて茫《ぼう》とした優しい輝きを放つ。

丘の上からは広々と地平までが見渡せる。優しく包むような色で染まる景色《けしき》の美しさに胸がしめつけられた。

「でもお母様、本当言うと、私、家に帰りたくないな」

つぶやくと天国から母が優しく微笑みかけてきた気がした。

いいえ、フレデリカ、お帰りなさい。そしてもうひとがんばりしていらっしゃい。

耳の奥に母の声が本当に聞こえたような気がする。

「そうね。お母様。私、まだがんばれるわ」

クレペラ伯爵は最愛の妻を亡くしてそれはそれは嘆き悲しんだ。その父を慰めたのが未亡人のイザベラだ。ほどなく二人は再婚した。だが、十歳と九歳の姉妹を連れてやってきた継母はフレデリカに対しては冷ややかだった。

フレデリカは、イザベラと顔を合わす食事の時間がゆううつだ。父の再婚後、フレデリカにとって晩餐は温かな時間ではなくなり、フレデリカだけが疎外感を感じていることに父は気づいていないようだ。だがそれを訴えるのは子供じみているようでフレデリカはあえて口をつぐんでいる。

太陽が地平に隠れた。夕映えは琥珀色に色彩を変えていき、フレデリカは冷えゆく大気を吸い込む。母の眠る墓標に話しかけた。

「じゃあもう帰らなくてはね。ドレスに着替える時間も必要だし、継母《はは》は身だしなみにとても厳しいの」

夕食の時間に遅れたり、結わない髪で席についたりしたらイザベラに長々と小言を言われてしまう。イザベラはフレデリカを奔放《ほんぽう》でがさつなわがまま娘と決めつけており、特に乗馬や木登りなどを楽しむことを強く嫌った。乗馬が原因で夕食に遅れたなどと知れたらあとでどれだけ絞られることか。

「じゃあねお母様、また来るわ」

挨拶とキスを残し、フレデリカはひらりとオリオンにまたがった。セピア色に沈み始めた野を蹄《ひずめ》を鳴らして家を目指した。

家に帰り着いたフレデリカは急いで着替え、鏡で身だしなみを念入りに何度も点検して夕食の間に入った。家族はみな席についていて、フレデリカはどきりとしてイザベラの様子をうかがう。

家族の夕食の間ではクレペラ伯爵とイザベラを上席に、フレデリカとイザベラの連れ子の姉妹、カトリーナとエレナが向かい合う形でテーブルを囲むのが常だ。兄のフェルナンドの椅子《いす》は空席だったが、それは彼がクレオンス帝国の大学に進学し、留学から戻ってこないせいだ。

テーブルに着くのはフレデリカが最後だったが時間に遅れたわけではない。フレデリカは静かに椅子に腰を下ろす。

「あらフレデリカ」

イザベラの第一声にフレデリカはぎくりと身を縮めたが、驚いたことにイザベラはフレデリカに微笑みかけてきた。こんなことはめずらしい。

「馬に乗って出るのを見かけたけれど、どのあたりまで行ってきたの？」

フレデリカは答えを慎重に探した。ここで母の墓を訪ねたと口にしてしまうと、イザベラのせっかくの機嫌が台無しになってしまうに違いない。

「夕映えの中を少し走ってきました」

「まるで男の子のような娘だこと」

イザベラの声にわずかな非難が混じったがフレデリカは気にしないことにした。

「楽しかったかい？」

クレペラ伯爵が尋ねたので、フレデリカはにっこりしてうなずいた。クレペラ伯爵はグラスをかかげてフレデリカに向けて片目をつむる。ワインを一口飲み、それを合図にフレデリカもスープをすくうためにスプーンを取った。

イザベラの機嫌がいいので食事は終始なごやかに進んだ。

デザートはレモンカードのパイで、とんがり帽子のメレンゲをほんのり焦がしたフレデリカの大好物だ。

もしかして今日は運のいい日なのかしら。

デザートスプーンを舐めながら上機嫌を保っているイザベラをそっと見やる。イザベラはパイ生地にフォークを入れつつ、何かが始まるのを待っているように見える。

「あなた、そろそろ」

イザベラは尖《とが》った鼻をつんと上げ、待ちきれないというようにクレペラ伯爵を促す。

何かしら？　フレデリカは首をかしげた。

「そうだな」

クレペラ伯爵はデザートの皿を脇に押しやり、ゆっくりとコーヒーを味わっている。

「フレデリカ」

名を呼ばれて、フレデリカは妙にびっくりして口に運んでいたパイを取り落としそうになった。

「はい。お父様」

「お前を養女に出すことになった」

フレデリカはぱちりと瞬《まばた》きをし、それから、その青い目は破れんばかりに大きく見開かれる。

フォークの先に刺さっていたパイが皿に落ちてひそかな音を立てた。

「よ、養女って、お父様」

しんと静まった食卓で、フレデリカはやっとのことで喉から言葉を絞り出した。クレペラ伯爵は眉にわずかに苦悩を見せたが、フレデリカに向けて深くうなずく。

とっさにフレデリカはイザベラを見た。イザベラはコーヒーカップに指をかけ、うつむき加減で表情がわからない。だが唇の端が持ち上がっているように見えた。フレデリカはわずかに怒りを覚え、再びクレペラ伯爵に視線を合わせた。

「ダルスコット男爵と西コード山の黄鉄鋼《おうてっこう》を採掘する事業を始めるつもりなのだ。その事案を詰めてきたが、ダルスコット男爵も年老いてきて寂しさを訴えるようになっていてね。養子か養女を迎えたいと折に触れ話していたのだよ」

「それでなぜ私を？」

フレデリカは未《いま》だに信じられない。老人の養女……、この家を離れて、父とも離れて暮らすということだ。

「お前のことは以前より目にとめていて、このたび正式に申し出があったのだ。ダルスコット男爵は、今後は私の重要なパートナーとなっていく。わかるね？」

つまり、政略的に娘を養女に差し出すということだろうか。黄鉄鋼採掘の事業を始めるに当たり、クレペラ家とダルスコット家のつながりを堅固にするために。

「でも……そんな……ひどいわ」

フレデリカは混乱していた。継母のイザベラに疎《うと》んじられていたのは感じていたが、父まで私を邪魔に思うのだろうか。

フレデリカの青い目が涙に濡れ、オイルランプの明かりにきらきらと輝く。

「お前のためだ。従いなさい」

クレペラ伯爵はフレデリカの涙を見ても動じない。声には深い愛情がこもっていた。しかし、そんな急な話をこの場ではとても承伏しかねる。

「フレデリカ。これは実は悪い話ではないのだよ」

クレペラ伯爵は力を込めて言ったがフレデリカには信じられなかった。テーブルを見回すと、妹たちは目をまんまるにし、うつむきがちのイザベラの口元はにやりとした笑いが浮かんでいる。

「私……今ここでお返事はできません」

「もう決めたことなのだ」

クレペラ伯爵はなおも言いつのった。フレデリカはゆっくりと首を振る。拒絶の意ではなく、父が自分を養女に出したがっているという事実が受け入れがたかったのだ。

「お父様。私、今夜はこれで部屋に戻ります」

フレデリカはフォークを置くと力なく立ち上がった。イザベラがちらりと非難するような目を当ててきたが、フレデリカが無表情に見返すと彼女は非難の表情を引っ込めた。

「フレデリカ。では部屋に温かいお茶を届けよう」

「ありがとうお父様。お先に失礼します」

家族の夕食の間を出るなりフレデリカは廊下を小走りで自室を目指した。早く部屋にこもりたい。一人になって衝撃を鎮《しず》めたい。

自室の扉をばたんと閉め、フレデリカはその足で続きの寝室に向かいベッドにつっぷした。枕《まくら》に焚《た》きしめたラベンダーの香りがフレデリカの泣き顔を包む。けれどその香りは湧《わ》き上がる悲しみまでは癒《いや》してくれない。

しばらくして扉がノックで鳴った。

「どうぞ」

メイドのキャリーが父に言いつけられてお茶を運んできてくれたのかもしれない。

フレデリカはベッドから起き上がり、温かなお茶をもらおうと扉に近づいた。

「お母様」

しかし、扉を開けたのはキャリーではなくイザベラだった。

「お茶を持ってきましたよ」

イザベラの抱えた銀盆にはティーポットにカップが二つ、銀の皿にはチョコレートとプチ・ケーキが並んでいる。フレデリカはとっさに継母の来訪を拒んで立ちはだかったが、イザベラは気にかけた様子もなくフレデリカを避けて部屋の奥まで進んでいく。そして銀盆をテーブルに置くと、当たり前のようにソファに腰を下ろした。

「まあお茶でも飲んで、落ち着きなさいな」

イザベラは猫なで声を出した。

「私は落ち着いています。ただ悲しいだけです」

反抗的な受け答えをしたフレデリカにイザベラは眉を跳ね上げた。だが何も言わずポットから二人分の紅茶を注ぐ。フレデリカが扉のそばに立ったままでいると、痺れを切らしたように手招きをする。フレデリカはしぶしぶと足を進め、イザベラの斜め向かいに腰かけた。

「養女のお話は受けるのでしょうね？」

ずばりと切り込んできたイザベラをフレデリカは唇を嚙《か》んで睨《にら》んだ。

「お父様の決めたことです。私に拒むことはできません」

「よい心がけだこと」

イザベラは笑い声を立てた。

「それなら、これからは女同士の大切な話。よく聞いて、そしてこのことは口外してはなりません」

「なんでしょう」

フレデリカは興味を引かれて表情を和らげた。女同士、という言葉の響きに何かよいことが告げられるような、そんな気がして期待したのだ。

「ダルスコット男爵の養女に、というお話だけれど」

「ええ」

「ダルスコット男爵は、支度にも時間が必要だろうから一ヶ月位をめどに来て欲しい、と」

フレデリカはうなずいてティーカップに唇を当てた。お茶はカミツレのハーブティだ。一口含むと衝撃に痺れた頭がふわりとほどけ、少しだけ気持ちがリラックスする。

「お前もわかっていると思うけれど」

イザベラはもったいぶったように前置きをし、フレデリカは小さな苛立《いらだ》ちを感じた。だが、黙って続きを待った。

「もう初老といってもいいダルスコット男爵だけれどね、男の人は男の人」

フレデリカは眉を寄せた。

「何をおっしゃりたいのですか」

イザベラはティーカップを置くとフレデリカを見据えた。その瞳がランプの明かりを映し、妙にゆらめいているのがフレデリカは気に障る。

「つまり、ダルスコット男爵は奥様がいらっしゃらないままもう長いし、お前を養女にというのは世間体のよい表向きの話で、実際のところお前の役割は」

フレデリカの喉がごくりと鳴った。

「いったいなんだとおっしゃるんですか」

「愛人よ」

イザベラは短く断言した。

「だから覚悟をしてらっしゃいね、ということを母としてお前に言いに来たのよ」

フレデリカの表情が衝撃で固まり、やがて受け入れがたい現実に唇が一文字に引き結ばれていった。

イザベラはフレデリカが受けた衝撃に充分に満足したようだ。

「よくよく覚悟してお行きなさいね」

早口にそう言うと、そそくさとソファから立ち上がった。夕食用に装ったドレスの裾を揺らしながら、扉の前まで進むと振り返った。

「お父様には、あなたが承諾していることを伝えておくわね」

私自身で父に告げます、とフレデリカが言う前に扉はぱたんと閉まり、イザベラの姿は消えた。

部屋に残るのは二客のティーカップと銀の皿に残ったお菓子だったが、今はもう、そのどちらもフレデリカの驚愕《きょうがく》を慰めてはくれない。フレデリカの青い瞳がようやく薄く濡れ始めた。やがて涙は堰《せき》を切って青い瞳からこぼれ落ちた。

伝う涙をぬぐいもせずに、フレデリカは自分の行く末に、父の決断に絶望していた。


ソファでひとしきり泣いたフレデリカは、着替えもせずにふらふらと寝室に入り、ベッドに身を投げていた。悲しみはずっと続いていた。愛人となる恐怖より、なによりも父に手放されたことが心に堪《こた》えていた。

この慣れ親しんだ屋敷と庭、馴染《なじ》みのメイドたちともあと一ヶ月で別れなくてはならない。そして養女といっても実質的にはダルスコット男爵の愛人になるというイザベラの言葉は本当だろうか。イザベラはフレデリカを脅《おど》かすために、その可能性がなきにしもあらずとわざと強調して言ったのではないか。まだどこか信じられない気持ちでフレデリカは指に髪を巻きつけてはほどく。

「私が愛人に……」

つぶやくと嫌悪で身が震えた。フレデリカはダルスコット男爵をそれほど悪い人だとは感じていなかった。パーティで何度か行き会い、父母を交えて会話を交わした限りでは、なかなかユーモアのある優しげな目をした紳士だったはずだ。

ただイザベラはダルスコット男爵とは合わないようだった。イザベラは嫌いなダルスコット男爵を悪く誤解していて、それで養女話は実質的な愛人なのだと思い込んでいるのではないだろうか。

考え続けても仕方のないことだとわかっている。だが、まだ恋らしい恋をしたこともないのに、清らかな乙女《おとめ》の身のままで、父よりも歳《とし》が上の男爵の愛人に本当にならなくてはいけないのか。

「それは嫌だわ」

口にするとはっきりと意識できた。では何ができるだろう。養女に出される、その猶予《ゆうよ》の一ヶ月のあいだに。

「ううん、何もできない」

再び枕に顔を埋《うず》める。

ふと、母方の祖父のグレードナー伯爵のことを思い出した。母が亡くなり、あまり行き来はしなくなったが、どこかで顔を合わすたびに元気にしているかと尋ねてくれる人だ。養女に出されるまでにほんの一週間でいい、グレードナー伯爵の家に滞在できないだろうか。

そしてできることならそのあいだに私はのびのびと過ごす。もしかしたらかりそめのロマンスに出会えるかもしれない。わずかなひとときを楽しんで、その思い出を胸に隠し、老男爵の愛人となる運命を受け入れて生きるのだ。

「でも、お父様がお許しくださるかしら」

せっかくの思いつきを否定し、フレデリカは苛々と爪を噛む。

悩みすぎてつらくなった。今度は愛馬のオリオンのことを思い出した。

オリオンの背にまたがって走りたい。夜の野でも構わない。馬は夜目が利くのだから。

「そうだわ」

いっそ夜のうちに馬を走らせ、グレードナー伯爵の家を訪ねてしまうのはどうだろう。家には手紙を書き置けばいい。直接父と交渉するよりずっと賢い方法に思えた。グレードナー伯爵邸には一週間も滞在しなくていい、自分の心が落ち着くまでのほんの二、三日の滞在を許してもらい、運命を受け入れる覚悟ができたらここに戻ってくればいい。

フレデリカは起き上がって涙を拭いた。思いついてからは身体が勝手に動いた。トランクに当面の下着とドレス、最低限の身の回りの品を詰め、万一の路銀のためにエメラルドの嵌《は》まった金のチョーカーも入れる。素早く外出着に替えた。グレードナー伯爵の家までは馬で二時間も行けば着くだろう。

「手紙を書かなくては」

フレデリカは机に向かい、ペンを取った。将来を受け入れるために少しのあいだだけ家を離れたい。知り合いの家に厄介になるから、どうか心配しないで探さないで欲しい。しばらくしたら必ず戻ります。

フレデリカはペンを置いて便せんを封筒にしまい、蠟《ろう》づけをした。表書きには「お父様へ」としたため、少し考えてから封筒を枕の下に隠すように置いた。

トランクを持ち、扉の音を立てないように廊下に出る。なんとか家を抜け出すとまっすぐに厩《うまや》に向かった。

厩では眠る馬たちが深夜の来訪者に気づいて目覚めたので、フレデリカはしぃっと唇に指を当てて馬を静めた。壁にかかっている鞍《くら》を背伸びをして取り、オリオンの背に置いて準備をすると、他の馬を静めながら厩を出る。

鞍にトランクを縛りつけるとオリオンを引いて間近の通用門を目指した。

「しいっ、お願い、静かにね」

オリオンが興奮しないように宥《なだ》めて、音をできるだけ立てないように歩む。たどりついた通用門はかんぬきになっているのが好都合だった。

門の重たいかんぬきを外し、ようやく敷地の外に出た。だがまだ油断はできない。鍵が外れていることを外に知られないため門をぴったりと閉じなければ。扉を押すと古い蝶番《ちょうつがい》がぎいと音を立てた。フレデリカはびくりと身をすくませたが扉は閉まり、フレデリカは胸を撫《な》で下ろす。

「オリオン……、頼むわね」

フレデリカは愛馬のたてがみを撫でるとあぶみに足をかけた。ぐっと腰に力を入れてオリオンの高い背に登り、またがる。

馬の高い背に乗ると視界が開けた。夜空と地平が遠くで溶けあい、どこまでも黒紺色《くろこん》に沈んだ野を月が静かに控えめに照らしていた。

満月ならもっと夜は明るかっただろう。

「いいの。細い月と星明かりでも私とオリオンには充分だわ」

夜風がフレデリカの頬を打つが、むしろそれに励まされた。しっかりと前方を見る。少しだけ心が軽くなり、私は行動を起こしたのだとフレデリカは武者震いを覚えた。

たづなを取り、馬を静かに歩ませる。馬は夜目が利くというが、念のためにゆっくり慎重に進めていると、フレデリカの口元に微《かす》かな笑みが浮かんだ。

「私、人生最大のお転婆をしようとしているわ」

継母のイザベラはフレデリカの活発さに冷淡だった。おとなしく従順でいることを求め、活発さよりも室内で母に管理されて過ごすような典型的な娘らしさを強要してきた。継母《はは》とよい関係を結びたくて自分を抑えることもままあったわ、とたづなを握るフレデリカは思い返す。

乗馬や木登りは控えめにして、日課の勉強、女の子らしいとイザベラが信じる刺繍の練習、レース編みの練習、語学のレッスン、家事全般、イザベラがみっしり組んだスケジュールをフレデリカは不満も述べずにこなしてきた。

それで二年の月日を費やし、しかしイザベラの冷淡さが薄れることはなかった。

フレデリカは街道に出る前に丘の墓地に寄る。母がいた頃のことを思うとせつなくなったが、天国の母にどうか見守ってくださいと頼む。

そしてフレデリカは丘をあとにした。

「ねえオリオン、不思議だわ。家出なんて大それたことをしているのに、なんだかあんまり怖くないわ」

オリオンは答えはしなかったが、ぶるるると鼻息を吐き出した。ゆっくり歩ませている蹄の音が心なしかポルカのリズムを刻む。

一人きりの夜の外出も夜中の野も怖くはない。むしろ、胸の奥が震えるような奇妙な高揚に包まれていた。

低い空にかかる月を見上げる。上弦《じょうげん》の月で、これから満ちていく月だ。

「照らして、私の未来を」

細い月が微笑んだ気がした。

フレデリカは勇気を得て、すると、今まで抑えつけてきた自分らしさがむくりと立ち上がるのを感じた。

「グレードナー伯爵を訪ねるのもいいけれど、夜明け前の訪問にきっとものすごくびっくりなさるわね」

優しい祖父のことを考えると、胸がしくりと音をたてる。

「それに、グレードナー伯爵が味方になってくれて、養女の話に反対してくれたら、お父様が進めている西コード山の採掘という新事業の話が潰《つぶ》れてしまうかもしれない。それにお父様とグレードナー伯爵の間に深いひびが入るかもしれないわ」

フレデリカをダルスコット男爵の養女にやると決断したのは、他でもない父クレペラ伯爵だ。この取り決めにはクレペラ伯爵が新規事業に着手する担保という背景があり、取り決め自体を考え直すのなら、クレペラ家は事業の破綻《はたん》と経済的な打撃を被るだろう。それだけでも祖父のグレードナー伯爵を巻き込むのはいけないことだとわかる。

「では私はどこに行けばいいの……。やっぱり行くところなんかないじゃない」

高揚していた胸がしぼんだ。たづなを握る手から力が抜け、フレデリカはうなだれかけたが首を振って背筋をまっすぐに伸ばした。

「諦《あきら》めたらだめ。まだ何かできることがあるはず」

フレデリカは小径《こみち》を道なりに進みながら考えた。やがて二股《ふたまた》に分かれた道に差しかかった。フレデリカは馬の足を止めた。

分岐点には道標《みちしるべ》が立っている。右を指している鋳型《いがた》で作られた札には「ドールス街道」と打ち出され、左を指している優美な札には「ビアーズ侯爵邸」と浮かし彫りで記されている。

初めて見る道標でもないのに、フレデリカは道ばたに立つ案内版にじっと見入った。

十三歳のときにフレデリカが初めて出かけた舞踏会は、この案内札が示すサーディス・ビアーズ侯爵邸の舞踏会だった。あの晩、父と母と箱馬車に揺られてビアーズ邸に向かうときも、この道の枝分かれを左に進んだはずだ。

家族の笑いに包まれた馬車の中で、あのときフレデリカはこの分かれ道をいつ通ったのか知らずにいた。

舞踏会で三曲だけ踊ったサーディス・ビアーズ侯爵は、輝くばかりの美貌を備え、瞳に独特のきらめきを宿してフレデリカを見つめていた。あのように濡れて輝く瞳をフレデリカは初めて見た。見つめられると肌が燃え、身体が浮き上がるような心地になった。

だけど、とフレデリカは考える。あの夜から三年が過ぎサーディス侯爵もすっかり変わってしまった。

何が彼を変えたのかは知らないが、あの頃とは打って変わって自堕落な暮らしに溺《おぼ》れている。放蕩《ほうとう》と不品行の噂《うわさ》で世間を賑《にぎ》わし、彼の評判は今では地に落ちている。

フレデリカがたまに見かけるサーディスは噂を裏づけるように暗く生気のない瞳をしていた。それでもサーディス侯爵は、エビア絹産業の利権を中心に莫大な財産を有しており、結婚を夢見るレディたちが引きも切らず彼を射止めようとする。

サーディスは噂通りの不品行さで冷淡で不埒《ふらち》な態度を取るらしい。すると、侮辱《ぶじょく》され怒ったレディは、サーディスの悪口を周囲にまき散らしてしまう。

社交界を席捲《せっけん》するサーディスについての悪い噂は、フレデリカが知る彼とはまるで違い、傲慢《ごうまん》で冷酷、粗野で非礼と聞くだけで身震いするものばかりだ。

フレデリカに対しても、サーディスはもう昔のように笑顔で話しかけてくることはない。むしろ避けられていると感じることさえままあった。

だから、フレデリカがたづなでオリオンの首を左に回し、サーディス・ビアーズ侯爵邸に通ずる道に向かったのは驚くべきことだった。


深夜にもかかわらず、ビアーズ侯爵邸の窓のいくつかには皓々《こうこう》と明かりが灯《とも》っていた。

舞踏会の夜とは比べるべくもないが、フレデリカは夢心地だったあの夜を思い出し、懐かしく唇が笑みを刻む。

邸《やしき》の正面玄関を目指して静かに馬を進めながら、フレデリカはまだ自分の思いつきが信じられない思いだった。深夜に不品行と放蕩が評判の独身の男性宅に押しかける。それが人々の耳に入ったときにどうなるか、わかっているつもりだった。

せっかく家出を敢行したのだから思い切って冒険をする、そんな気持ちもあるのかもしれない。門の外で馬を下りた。鞍に縛りつけていたトランクも下ろす。

「ねえオリオン、私はもうひとつ悪いことを思いついたの」

フレデリカは馬のたてがみを撫でた。

「お前はここから家にお帰り。賢いお前だもの、ちゃんと戻れるわね？」

オリオンが首を曲げてフレデリカを見返す。星明かりに濡れた馬の瞳がじっとフレデリカを見つめてくる。フレデリカがうなずき、軽く腹をたたくと、オリオンは仕方がないとでも言いたげにフレデリカを残して来た道を歩み始める。途中、二度ほど足を止め振り返ってきたが、そのたびにフレデリカはうなずき、家に戻るようにと目で命じた。

朝が来れば使用人が門のそばに佇むオリオンを見つけるだろう。馬番はその異変を執事に伝え、ほどなく私の出奔が父と継母に見つかるだろう。

オリオンの後ろ姿が闇に溶けるとフレデリカは大きく息を吸った。門が開くか調べると、驚いたことに鍵がかかっていなかった。深夜に正門に施錠がないとはといぶかしく思いながら表玄関にたどりつく。舞踏会の夜には大きく開かれていた扉は、父であるクレペラ伯爵のエスコートのもと、サーディスが迎えてくれた場所だ。

今は誰のエスコートもなく、固く閉ざされた玄関にフレデリカはごくりと不安をのみ下した。思い切って玄関のベルを鳴らす。

とても長い時間を待ったように感じた。階上の窓に明かりは見えたが、邸は寝静まっているのだろうか。再びフレデリカが呼び鈴を鳴らすと、ようやく扉が開いた。オイルランプを手にしてのっそりと現れた人影にフレデリカはしっかりした声で告げた。

「フレデリカ・クレペラです」

驚きを隠さない男にフレデリカは告げた。

「サーディス・ビアーズ侯爵にお取り次ぎをお願いします」

オイルランプがフレデリカの顔に近づく。フレデリカは眩《まぶ》しさに目をすがめ、ランプを近づける男の顔に目をやってあっと小さく声を上げた。

「サ、サーディス侯爵……」

ランプを持って立っている長身の男は執事ではなく、この屋敷の主《あるじ》、サーディス・ビアーズ侯爵だ。

だらしなく前ボタンを開けた夜着のようなシャツに、だらりとガウンを羽織った姿で、どうみても屋敷の正面玄関に出てくるような格好ではない。

「な、なぜ執事ではなく貴方が……」

「執事は、いるにはいるが、もうあまり仕事もしなくてね」

言い訳がましくサーディスはつぶやいた。では、サーディス侯爵邸では主の乱れた生活にほとほと嫌気が差した使用人たちがあらかた逃げてしまい、残った者もろくに仕事をしないというあの噂は本当らしい。

サーディスは黒と白のモザイク床の玄関ホールにフレデリカを招き入れてくれた。足を踏み入れるとわずかに滑った。この美しいモザイクの床は埃《ほこり》の掃除がなされていない。

ホールはしんと静まりかえってわずかな明かりだけ灯されていた。見渡すとどこか荒《すさ》んだ印象がある。舞踏会の夜の華やかな賑わいが幻のように浮かんで消えた。

サーディスはことさら気怠げな足取りでフレデリカを二階に案内した。二階はこの屋敷の主の私的な部屋が並んでいる。夜中の未婚の女性の訪問客に、サーディスは一階の客間ではなくプライベートな居住の階で面会しようとしている。これもまた噂通り、紳士的な振る舞いではない。フレデリカは緊張した。

だが、引き返すつもりはない。

第二章

サーディスがある部屋の扉の前で歩みを止めた。ちらりとフレデリカを振り返り、扉に手をかけ、押し開いた。

「入りたまえ」

サーディスに促されてフレデリカは部屋に踏み入った。明るい部屋ではなかった。照明は控えめに灯されて、カーテンを閉じていない窓は黒々と闇が映っている。

窓辺に肘掛《ひじか》けつきの椅子があり、脇のテーブルにはブランデーの瓶と丸いグラスが置かれている。椅子はやや窓のほうを向いていた。

サーディスがフレデリカを追い越し、部屋を横切ると肘掛け椅子にどかりと腰を下ろした。そのまま上半身をこちらに向けてフレデリカを見上げる。サーディスが胸の前で腕を組んだ。その様子はさらに彼を威圧的に見せた。

「お、お酒を召し上がっていたのですね」

薄闇の中でぎらりとサーディスの目が濡れて光り、フレデリカの緊張はより高まった。自然と両手に力が入り、片手に提げられたトランクの取っ手が指に食い込んで痛みを生む。

「サーディス侯爵様。深夜の不躾《ぶしつけ》な訪問をお許しください」

少し震える声でフレデリカは挨拶を述べた。サーディスは腕を組んだままぴくりとも動かずフレデリカを見ている。

玄関でランプに照らされた眩しさで明るさに慣れたフレデリカの目は、再び薄暗い部屋に慣れてきて、サーディスの姿が検分できるようになった。

サーディスはやはり夜着にガウン姿だった。フレデリカを部屋に迎え入れたものの、腰かけるよう椅子を勧めることもしない。自分だけが座り、しかも崩れた座り方で、組んだ腕の片肘を肘掛けにつき上半身を傾けた姿勢だ。その態度は悪い噂に違《たが》わず、彼を傲慢で冷酷な男に見せた。そしてまた、サーディスは挨拶を返すでもなく、フレデリカの様子をうかがっている。

フレデリカが黙って立っていると、やがてサーディスが面白くなさそうにねじっていた腰を元に戻して足を長い組み、口を開いた。

「お隣のお嬢さん。もっとこちらへ寄ったらどうかな？　それとも私の不品行の評判をたっぷり耳にしている君は、私に近寄るのもおぞましいか？」

フレデリカは思わず目を見開き、サーディスの表情をよく見ようとまじまじと整った顔に見入った。だが彼はぷいと窓のほうへ顔を向け、表情を見取ることはできない。

せめて何か否定することを言い返したかったが言葉が見つからなかった。サーディスの言い方はすっかり自己完結していて、フレデリカが否定しても耳を貸すつもりはないように感じた。

フレデリカは黙って彼の椅子に近づいた。ふかふかの絨毯を踏む密《ひそ》やかな音にサーディスがぴくりと身体を動かしたが無視した。絨毯を踏みしめ、部屋を横切り一歩ずつ彼に近づいていく。歩みを進めるたびフレデリカの胸にじわりと生まれる熱さがあった。それはすっかり変わってしまったサーディスへの同情と悲しみの気持ちで、熱さは痛みを伴っていた。胸が耐えがたいほど痛くなった。それはまるで自分たちに科せられた運命の苦しみのようだ、と思う。

窓辺にたどりつき、フレデリカはサーディスの前に立った。フレデリカを見上げるサーディスの表情は少し不可思議だった。露悪的な言い方に合わせて唇は意地悪そうに歪んでいたが、瞳に希望の彩りがある。期待を持ち、だが隠し、隠しきれない苦しさに無理をしているような瞳に見える。

ふいにフレデリカは自分たちの共通点に気づいた。

初めての舞踏会の夜に過ごしたサーディスと、今夜のサーディスの驚くほどの人柄の違い。

両親に愛されて無邪気に奔放に過ごした自分と、継母に縛られ、追い立てられてびくびく毎日を過ごす自分。

分かれ道をサーディス・ビアーズ侯爵邸へ続く道を取った私は、舞踏会の夜のサーディスにもう一度会いたいと願ったのではないか。だが、時は過ぎあのときの彼はもういない。そして、彼と同じようにあの頃の自分もどこにもいない。

以前の自分を失った。それが私たちの共通点だ。私は母の愛をなくしたが、サーディスも何かかけがえのない心の支えが奪われる出来事に見舞われたのではないだろうか。

フレデリカの表情にサーディスは目をとめたようだった。しかし、あえて言葉はかけず、サーディスは軽く首を振って髪を揺らす。ブランデー色に金髪が混じる個性的な髪が闇にちらりと光る。

「それで、お隣のお嬢さんが深夜に私になんの用かな」

「サーディス侯爵様」

サーディスの髪の輝きにフレデリカは懐かしく目をとめながら、しかし気持ちを抑えつけてできるだけ落ち着いた低い声を出した。

「夜中だというのに伺ったのは、じつは、火急のお願いがあるのです」

「こんな私に願いとは」

サーディスは吐き捨てたが瞳がきらりとまた輝いた。怠惰の仮面にひびが入り、期待の光が漏れ出てくる。フレデリカは続けた。

「実は、私はもうすぐダルスコット男爵のもとへ養女に出されるのです。それは父のビジネスに関係していて拒むことはできません」

「ほう。それで？」

サーディスが長い指を組んだ。フレデリカは指の美しさに一瞬目を奪われたが、すぐにサーディスに視線を戻した。今や彼の目はフレデリカの話に惹《ひ》きつけられたようにきらきらと輝いている。

「サーディス侯爵ならおわかりになると思います」

「何をだね」

「養女というのは表向きで、私は実質愛人としてダルスコット男爵のもとに差し出されるのです」

サーディスが目を見開いた。

「ど、同情してくれと申し上げているのではありません」

少し早口になってフレデリカは続けた。

「ただ、それで、手紙を置いて家を出てきました」

「私と駆け落ちしたいと？」

サーディスは椅子から腰を浮かしかける。

「まさか」

フレデリカはうろたえた。

そうだ、いったい何を求めてサーディス侯爵邸への道を選んだのか。不品行で顰蹙《ひんしゅく》を買い、社交界の評判が落ちている彼なら自分を匿《かくま》ってくれそうだから？　いえ、違う。そんな浅薄な理由ではない。

しかし、フレデリカは自分の選択の真の理由をいまだ見いだすことができないでいた。ただ強く心惹かれて、右を選ぶはずの地点で左の道を選んだ。でも本当に浅薄な理由でなく左の道を取ったのか。焦りに似た気持ちが湧き、フレデリカは唇を噛む。

「ではいったいなんの用事で来たのだ。こんな夜更けに、男の家に」

サーディスは再び椅子に腰を下ろした。琥珀の瞳がみるみる陰り、陰鬱な表情が戻ってくる。口元が自嘲《じちょう》めいて歪み、重苦しいため息が小さく漏れたのをフレデリカは聞き逃さなかった。

「し、深夜に男性の家を訪ねてきたからには、そう思われても仕方ありません」

焦りがじりじりとフレデリカの胸を焦がす。伝えたいと思うことが自分でもはっきりと摑《つか》めなかった。とてももどかしい、とフレデリカは唇を引き結ぶ。

「でもお願いがあって来たのです」

「だからそれを話してみたまえ」

サーディスが痺れを切らしたようにいらいらと髪を掻《か》き上げる。美貌の顔立ちが不機嫌を露わにいびつに歪み、フレデリカを追い詰める。

フレデリカの手からトランクが滑り落ちた。トランクが床に落ち、ばたんと倒れる音がする。

心の奥に封じていた感情が突然膨らみ、堰を切った。

「私は……、私は、無垢なまま差し出され、愛人として扱われるのが苦しいのです」

サーディスが眉をひそめた。その表情に後押しされて、フレデリカは本心に光を当てる。

そうだ、私は私の人生を少しでもよきものにしたいのだ。これから老人の愛人として生きる運命ならば、その前に、せめて一度でも自分で選んだ男性と――。

言葉がすらすらと口を出た。

「貴方がぴったりだと思ったのです。貴方の、ここ一、二年のひどく悪い行いは、さきほどご自分でもおっしゃったように世間で評判になっています。きっとたくさんの女性とご経験があおりでしょう？　ですから――」

ごくりとつばを飲み込んだ。私は何を言おうとしているのだろう。

「わ、私と……、いえ、私を汚して欲しいのです」

フレデリカの意志的な声が暗い窓に跳ね返って響いた。

「なんだと……？」

サーディス侯爵はがたんと椅子を鳴らして再び腰を浮かせかけた。

「何も知らず、清らかなまま愛人になるなんて嫌なのです」

フレデリカはもう止まらなかった。

「そう……、私を汚してください、いいえ！　いっそめちゃくちゃにして！」

サーディスの整った顔が打撃を受けたように歪む。

フレデリカも自分の言葉に驚いた。だが、心の底ではこれを願っていた破壊的な自分に気がついていた。冷たい風が吹くあの家で、父、クレペラ伯爵だけは味方でいてくれると信じていた。なのに、その父でさえ、フレデリカを厭《いと》い老人に差し出そうとする。

サーディスはたっぷりとした間を置き、つぶやいた。

「それはそれは……じきじきのご指名をありがとう存ずるね」

「どういたしまして」

急に闘争心を取り戻し、フレデリカは、皮肉めいた言い回しに合わせて答えた。サーディスはフレデリカの言い方にむっと表情を強ばらせる。

「もう一度聞こう。なぜ私に」

「それは先ほど申し上げた通りです」

フレデリカは同じ説明を二度するのを避けたが、心の中では違うことを思っていた。

まだ恋をしたことはない。でもたったひとり、心奪われたことのある男性は、初めての舞踏会で踊ったときのサーディス・ビアーズ侯爵だ。

今目の前にいるサーディスは当時とすっかり変わってしまったが、逆にそれが私の運命の味方になってくれている。サーディス侯爵が昔のままで優しく礼儀正しい紳士でいたらこんなことは頼めない。頼んだって断られるはずだ。

「ああ、わかった、つまり……」

と、言いかけたサーディスはこれまで感情を露わにしていたことが嘘《うそ》のように表情を隠した。

無表情のまま椅子からゆらりと立ち上がり、大きな体躯《たいく》が威圧するようにフレデリカとの距離を詰める。

「ダルスコット男爵に献上されるはずの乙女は、ロマンスのひとつも経験せずに老人のものになるのは嫌だと、そこで、その気の毒な乙女に毒牙《どくが》をかけるのにぴったりの男として、品行不良と悪評の高いけだもののような私を選んでやってきた、と」

その自虐的な言い方にフレデリカはひるんだが、それはあながち間違いということもない。

「ええ、そうも言えますわ」

フレデリカはサーディスを強い視線で見つめた。

「わかった」

サーディスの答えは素早かった。

「君は私という人間をとてもよく知っているらしい」

もう一歩距離を詰めてきたサーディスに、フレデリカは憶して後ずさった。サーディスはまた一歩進んでくる。フレデリカが後ずさると背中が窓にぶつかった。

「私は評判が大変悪く、たちの悪い男だから、乙女のまま愛人に行くことが決まった君を横から掠めとり、楽しむことも朝飯前だと」

「そ……」

そこまでは言っていないとフレデリカは思ったが、サーディスの迫力に押されて黙ってしまう。

だが、それきりサーディスは何も言わない。サーディスの怒りを宥めたくてフレデリカはうつむきがちに提案した。

「……か、掠めとるのではなく、こ、恋に落ちたことにしたらいかがでしょう」

「私がか？　放蕩と不品行で鳴らすビアーズ侯爵が君に恋を」

「……いいえ、私のほうが、貴方に」

フレデリカは顔を上げてきっぱりと言った。サーディスに罪を被《かぶ》せるのはまずい。自分が出奔してサーディスの元に飛び込んだという噂が立ったほうがいい。

「貴方は、私が恋に落ちて勝手に飛び込んできたと私の父に話せばよいのです。もちろん私が駆け落ちをしようと求めたことにしてもいい。なんにせよ、私が養女に出される前にしばらく私の相手をしてくだされば……」

「恋に落ちたというのはただの方便か」

サーディスが右手の拳を握りしめた。

「あ……貴方は、充分に浮き名を流していますわ」

フレデリカは自分の提案がなぜここまでサーディスを怒らせるのかわからない。

「だから、無垢な花を一つ散らして、悪名をさらに轟かせても構わないと？」

サーディスの目がすうっと細くなる。フレデリカは沈黙した。もうこれ以上のよい考えが思い浮かばなかったのだ。

「いいだろう」

サーディスが息を吸い込んだ。

「君の望みを叶《かな》えようじゃないか」

だん！　と鈍い音を立て、サーディスの拳がフレデリカのすぐ脇の窓に押しつけられた。とっさに反対側に逃れようとしたフレデリカの耳元で再びどん、という音が響く。サーディスは両手を窓につき、完全にフレデリカを閉じ込めた。

「思う存分、君を汚そう。お望み通り、めちゃくちゃに」

サーディスは腕の檻《おり》に捕らえた獲物を舌なめずりする獣のような目で見る。

フレデリカの足から震えが上る。背中に窓ガラスが押しつけられ、背中のボタンとぶつかりかちかちと鳴る。

「――ただし、私のやり方で。いいか、君は今から……そう、私の新しい玩具だ」

獲物に飛びかかる寸前のようなぎらついた目でサーディスが宣言した。

サーディスは怒りに瞳を燃え立たせたまま腕に閉じこめたフレデリカを睨みつけていた。

フレデリカは恐怖で閉じてしまいそうな目を見開き、震えながらサーディスを見上げる。

サーディスがわずかに唇を丸めた。その唇がゆっくりと顔に迫りくる。フレデリカは吐息をまぶたで感じ、次に唇にかかるのを感じた。

唇が触れあえば、それはフレデリカにとって初めての男性との口づけだ。

急速に展開していく事態にフレデリカはくらりと目眩《めまい》を覚える。サーディスがまた熱い吐息をついた。

「怖がっているからといってやめはしない。――ご存じのように、私は悪い男だから」

「わ、わかっています」

小さな声でフレデリカは答えた。自分の吐息もひどく熱くなっているのがフレデリカには感じられた。緊張のあまり目尻に涙が浮かび、やがて一筋の糸を引いて落ちる。

サーディスが涙に目をとめた。

「もう一度だけ聞いてやる。君は本当に私の手で、……その身を汚したいんだな?」

フレデリカは小さくうなずく。ダルスコット男爵は乙女のフレデリカを望んでいる。でも、

私は年老いた彼にこの純潔を捧《ささ》げたくない。では誰に捧げるべきか。その相手は、いっとき

でも胸ときめかせたサーディス侯爵以外に思いつかなかった。

「よかろう」

サーディスが重々しくうなずいた。

「だがフレデリカ。君から始めるんだ」

サーディスが苦しげに囁《ささや》いた。

「君から私の胸に飛び込むんだ」

熱い吐息と命令がフレデリカを怒りに燃え立たせる。汚されるために、玩具として遊ばれるために自ら男の胸に飛び込めとは、今後フレデリカを娼婦《しょうふ》のように扱うという表明だろうか。傲慢な言葉に傷ついたフレデリカは、絨毯を蹴《け》った。どしんと身体がしっかりとした男性の胸板にぶつかり、フレデリカの額はビロードのガウンに押しつけられる。

「ふん、なかなか素直な娘だ」

サーディスはフレデリカをしっかり抱きとめる。両腕をフレデリカの肩と背中に回し、まだ揺れているフレデリカの巻き毛に指を通して梳《す》いた。サーディスの指は繊細に動く。二度、三度と続けて撫でられ、密やかな感触にフレデリカの肩がぶるっと震える。

やがてサーディスの両手はフレデリカの背中と肩を押さえる位置に落ち着いた。フレデリカは自分の乳房がサーディスの固い胸に密着させられ、ぎゅっと押し潰されているのに気づ

いた。恥ずかしさに思わず身を捩《よじ》ろうとしたが身体に巻きついた腕のせいでびくとも動けない。

「残念だが、もう逃げられない。君は私にめちゃくちゃに汚される」

獲物を弄《もてあそ》ぶような声音を使い、サーディスが喉を震わせて嗤《わら》った。肩に回されていた腕が動き、フレデリカの豊かな金髪にまた埋まる。絹糸のような手触りを楽しんだ手はフレデリカのほっそりした首を捉《とら》えた。フレデリカはびくんと反応したがサーディスは容赦なく首の根本を押さえた。

「首を仰向《あおむ》けにしろ」

サーディスは低い声で命じた。命令に従いたくないという気持ちと裏腹にフレデリカはわずかに喉を上げる。何が起こるのか想像できた。心臓が破れそうに激しく打ち、震えはフレデリカの全身に広がっていく。

「フレデリカ」

唇を寄せてきたサーディスが近い距離で息を止めた。フレデリカが震えていると小さく舌打ちをする。

「君から、私に口づけろ」

こんなに近い距離で男性に見つめられたこともない。間近で見るサーディスの琥珀の瞳は恐ろしいほどぎらぎらしている。

フレデリカは細かく震えながらサーディスの頬にそっと唇をつけた。

「違う。唇にだ」

フレデリカは震える唇をそっとサーディスの唇に触れさせる。

男の大きな唇がフレデリカの唇に覆い被さった。フレデリカは挨拶のキス以外は知らない。こんなとき男女はどうするのかもわからず、ただ震えているとサーディスがフレデリカの唇を挟み、急《せ》いたように吸い上げた。

「あ……」

こすれる唇の初めての感触にフレデリカはふるりと身を震わす。

サーディスはさらに唇を合わせようとぐっと顔をうつむけてきた。フレデリカはそれを受け止めて喉をさらにのけぞらせた。サーディスの手のひらはフレデリカの細い首を支え、ときおり指先が後ろから耳たぶに触れる。首のうぶ毛が逆立つような感触をこらえ、フレデリカはサーディスの唇を受け止め続ける。

サーディスは合わせた唇でゆっくりフレデリカの唇をこすった。

「ん……っ」

サーディスは唇をこすり続ける。ずっとそうされ続けているとくすぐったさからもどかしさが生まれた。サーディスの唇は弾力はあるが芯《しん》の固さを感じる。

フレデリカの指はサーディスのガウンに埋もれていたが、何かを求めて上り始めた。指はやがてがっしりとしたサーディスの肩にたどりつき、フレデリカは思わずそこにすがった。

唇が急に乱暴に押しつけられた。急いたように押し潰されて次は啜《すす》るように吸われた。フレデリカの柔らかな唇が潰れ、伸ばされ自在に形を変える。

はあっ、とフレデリカは喘《あえ》いだ。その吐息をのみ込むようにサーディスがキスを深くした。

「あっ」

濡れた唇の裏側が触れ合い、その感触にフレデリカは雷に打たれたようになる。サーディスの誘いが巧みで、フレデリカは唇にほころびを作った。乱暴に思う唐突さでサーディスの舌がフレデリカの唇を割って入ってきた。

舌はフレデリカの舌を見つけ、表面を舐め上げると次は舌先に触れてきた。フレデリカは衝撃を受け、膝《ひざ》からがくんと力が抜ける。

逞《たくま》しい腕がフレデリカを支えた。

「ふ、早くも腰が砕けてきたか」

口を合わせたままサーディスが話す。フレデリカはその舌の不規則な動きに背を震わせた。サーディスの自在な舌は強引さを見せて動きだす。唾液《だえき》にまみれてなめらかさを増し、口中をくまなく撫でられると、その敏感で繊細な感触にフレデリカは軽い浮遊感を感じた。

「あ……、……ん……ふ……っ」

すぐに感触に翻弄《ほんろう》された。サーディスの舌は傲慢だった。だが熱が込められており、フレデリカはその熱に反応した。全身の感覚がみずみずしく目覚め、あちこちがきゅんきゅんとうずき始める。

舌先が上あごをくすぐり、フレデリカはびくんと身を震わせた。サーディスは熱っぽく一心に舌を求め続ける。

吐息が混じり合い一つに溶けて唇の端から熱く漏れる。舌をこすりあわせるとフレデリカのサーディスにすがる指に力がこもる。耳の中で脈動が鳴り、駆け巡る血潮《ちしお》が何かを叫んでいるような興奮を覚える。

「ふん、ずいぶん上手だ、フレデリカ」

唐突に囁かれ、フレデリカははっと我に返った。

「清らかな身といいながら……、君は、誰かにキスをされ、舌を吸われた経験があるんじゃないのか」

「な、……っ」

否定の言葉を言い終わる前にサーディスの唇が覆い被さる。さっきより深く交合し、再び激しく舌が絡まる。

「これが初めてというならば、……君は、なんといやらしい乙女だ……っ」

サーディスは自分の言葉に興奮したようにフレデリカの小さな口を縦横無尽に侵略する。

その激しく熱烈な感触にフレデリカは気が遠くなりかける。

唇が離れたのはまた唐突だった。口中を満たしていた大きな舌が引きちぎられるように退《しりぞ》き、重なる熱い唇を失ったフレデリカは喪失感にうめいた。続きを求めて目を開けたときに、サーディスの琥珀の瞳と視線が絡んだ。ほんの十五センチほどの距離で見つめる瞳はぎらぎらと独特の輝きを帯びている。

「……フレデリカ……」

サーディスの唇が苦しげにつぶやき、舌先がフレデリカの唇を撫でる。ふうっふうっと獣のように息を吹くサーディスの胸は激しく上下している。

「さて、これで……」

サーディスは肩で息をしながらフレデリカの背中を捕らえていた腕をほどいた。フレデリカが一歩退き身体の密着を離すと、目をすがめて歪んだ笑みを作った。

「まずは君の唇を、邪《よこしま》な唇で存分に汚したわけだが、……ご感想は?」

フレデリカはさっと顔に朱をはいた。キスの熱に包まれて燃えていた胸がひやっとし、自分たちは求めあう恋人同士なんかではないと思い知る。

胸が痛み恥ずかしさに縮んだ。フレデリカは目を伏せてうつむいた。サーディスはすっと息を吸い込み、だが何も言わなかった。やがてサーディスの鼻先がフレデリカの額を左右にこすった。まだフレデリカが黙っていると舌先が伏せた睫《まつげ》をたどり、ゆっくりと揺らしてくる。

「……っ」

その感触にフレデリカは息をのんだ。睫を揺らす愛撫《あいぶ》は繊細だが強烈だった。まぶたを上げないと許さないと命令されているようだった。長くは耐えられずフレデリカは後ろに首を引いた。再びサーディスと視線を合わせる。

フレデリカの唇が震えた。サーディスはさっと唇を重ね、すぐに離した。

「ふん、これで終《しま》いだなんて思うのは間違いだ」

サーディスは再びフレデリカに手を伸ばす。ぐいと乱暴に引き寄せられ、再び乳房がサーディスの胸にぶつかる。

「あっ」

フレデリカは小さな悲鳴を漏らした。胸の先で固く尖っていた乳首がサーディスの胸にぎゅっと潰されて驚くほどの感触を生んだ。刺激はたちまち全身に散ってずきんずきんと反響を鳴らす。

首を捉えたサーディスの手が動いた。五本の指がゆっくりと耳を撫で、頬にまで移動してくると指先で滑らかな頬をくすぐる。焦らすような指使いがフレデリカの喉をたどる。細い喉が震えるとサーディスは自分も触れられてでもいるように喉を鳴らした。

「そんなこぼれそうな瞳で見て」

張り詰めた緊張をゆるめるようにサーディスは息をつき、にやりと笑った。

「どんな気持ちだ？　無垢だった君がどんどん壊されていく……。さあ、今の気分はどんなだ」

フレデリカは小さく首を振る。全身が神経になったような変化と胸のうずきをどう表せばいいのかわからない。

喉をたどり終えた指先は急に意地悪さを増して動いた。布地の上から鎖骨をたどり、胸の膨らみを上って頂《いただ》きで止まる。乳首に布地の上から触れられ、怯《おび》えたフレデリカは身を固くした。サーディスは指にそっと力を込め、乳首を押し潰して力を抜く。固い乳首が指先を押し戻したことでサーディスは満足気にほくそ笑む。指先を立て乳首に小さく円を描く。何度も何度も密やかに。まるでフレデリカをいたぶるように。

「は、……サ、サーディス侯爵……」

胸から全身に散る感触はたまらないもどかしさと鋭さを併《あわ》せ持つ。フレデリカは喘ぎながら懇願した。

「そ、……そこはやめ……て……」

サーディスがにやりと笑みを漏らした。

「私の指が汚らわしいか？」

「ん、ちが……、そうではありませ……」

「ではなんだ、言ってみろ」

「……、貴方のではなくて、私の、身体のそこが……っ」

「そことはどこだ。言ってみろ」

フレデリカは息を噛んだ。乳首が、などとてとても口にはできない。その間にもサーディスの指は乳首に小さな輪を描く。

「は、……んっ、い、言えな……ぁっ」

布越しの刺激に耐えきれずフレデリカの膝ががくがくと揺れ始めた。たまらず両手でガウンにすがる。同時にサーディスの逞しい肉体が激しく何かを発散したのをフレデリカは感じ取った。

「フレデリカ」

突然足下の床が消えてフレデリカは倒れるのだと感じたが誤りだった。サーディスがフレデリカを抱き上げていた。

「きゃ、なに……っ」

「黙るんだ」

鋭く咎められ、フレデリカは怯えて腕をサーディスの首に回した。サーディスは大股《おおまた》で部屋を横切り、一つの扉を開けると続きの部屋に足を進める。

天蓋《てんがい》のかかる大きなベッドに迷いもなく歩み寄るサーディスに、フレデリカは息をのむ。

「あんっ」

どさりと乱暴にベッドに身を落とされ、反射的に身を守る隙《すき》もなくサーディスの大きな体が被さる。サーディスはフレデリカのシーツに散らばった金髪の間に両手を潜《もぐ》り込ませ、再びフレデリカを腕の檻に閉じこめた。

「サ、サーディス侯爵……」

フレデリカがごくりと喉を鳴らしたのに目をとめ、サーディスの瞳に一瞬哀《あわ》れむような色が浮かんだがそれはすぐに消えた。

「汚して欲しいと頼んだからにはよもやキスだけで済むわけがなかろう」

サーディスは有無を言わせぬ厳しさで断じた。フレデリカは大きく目を見開き、すぐにサーディスの言わんとすることに気づいて目をそらした。

「さて、フレデリカ……」

震えるフレデリカを閉じ込めたまま、サーディスは満足気に笑う。

「君は無垢な乙女だというのに、男の寝室に入りベッドに身を横たえた」

「そ、それは貴方がいきなり……」

「君はまた一つ汚れた」

サーディスは冷ややかに断言した。

「君が望んだことだ」

冷酷な言い方がフレデリカの胸に刺さる。激情に流されて口をついて出た言葉はいまさら取り消すことはできない。大それたことをした恐れで目が潤み、ベッドカーテンの重なりが滲んでいく。

「私を見ろ。フレデリカ」

いつまでも目をそらしてはいられない。フレデリカは勇気をふりしぼって再びサーディスをじっと見上げた。

「……ふん、唇がキスで腫《は》れてしまっている」

サーディスは指先で唇に触れた。そのままゆっくりと指を這《は》わせる。腫れた唇は過敏に反応し、どれほど繊細に触れられてもひりつく痛みが表面に生まれる。

唇に触れ、痛みをもたらしながらサーディスは陰鬱《いんうつ》な表情をしていた。

ベッドサイドのオイルランプがちらちらと揺れる光を灯している。右側を照らされたサーディスの表情はフレデリカには不可解なものだ。

「……貴方がなさったことだわ」

フレデリカは息を詰めながら小さな声で言い返した。

「その通りだ」

サーディスはにやりとしたが目元に不自然な皺《しわ》を寄せていた。

「キスはこれから唇以外のところにも……、つまり体中に散らされるだろう」

フレデリカの全身がかっと燃えた。続いてじわりと涙が込み上げ、フレデリカは小さく首を横に振る。

「めちゃくちゃにして、と君は言った」

咎めるような口調でサーディスがつぶやく。

「そして私は、君を私の新しい玩具だと言った。すべて君が招いたことだ」

再び衝撃を受けた。

これが本当に私の求めていたものだろうか。

サーディスはフレデリカの頰にキスを落とすとドレスのボタンを外し始めた。器用な指先は手早く巧みだ。

「いや……、やめて……」

ベッドで玩具として扱われる。フレデリカはどんなふうにされるのか予測ができず、恐怖に駆られて口走る。

「震えている」

サーディスの指が止まった。

「だが、私はやめはしない」

サーディスはどこか自分自身に言い聞かせるように宣言した。再び指が動きだし、ボタンを外したドレスを開く。露わになったコルセットの紐《ひも》を引っ張り、ほどいていく。

「そう、……私は、悪い男だから」

サーディスはゆるめたコルセットをドレスごと腰まで引き下ろす。フレデリカは短い悲鳴をあげる。

サーディスが強く息を吐いた。それから、感じ入ったようなうめきを漏らす。

男性の前に露わな乳房を晒《さら》すのは生まれて初めてだった。

「そ、そんなに見ないで……」

「そうはいかない」

サーディスの唇は今度は忍び笑いをし、フレデリカはぞくりとする。

乳房をじっくり眺めた視線が舐めるように動きだす。肌がひりひりと灼《や》けるように痛みをもたらす視線の動きだ。

視線は華奢《きゃしゃ》な腰のくびれとへその下まで下りていき、またゆっくりと上ってくる。

視線がまた乳房に戻った。乳首がきゅっと縮み、つんと痛みを放つのを感じる。

永遠とも思われる時間が過ぎてようやくサーディスが動いた。ガウンを脱ぎ捨て、フレデリカの耳の脇に肘をつくと、唇を重ねてきた。

「あ……っ」

唇を受けたフレデリカはそのキスを強く求めていた自分に気づいた。キスに熱が入っていくにつれ不安が薄れていくのがわかる。どこか安堵《あんど》に似た気持ちを覚えて身体中に入っていた力がゆるむ。

「ふ……、キスが好きか？　フレデリカ」

重ねた唇に尋ねられフレデリカはうなずいていた。なぜだろう、キスはサーディスの無情な言葉とは違う何かを伝えてくる。舌が唇を割ってきた。柔らかな舌が求めるようにフレデリカの舌の面をさする。唾液が湧いてさらに滑らかになった舌と舌が絡まると上質のビロードのような感触がした。

サーディスはキスを深くしながら、肘をついた腕を器用に使い、指先でフレデリカの耳を撫でた。

「あ、ん……」

ぞくぞくとした感触がキスと相まって高まった。キスが外れ、唇はフレデリカの頤《おとがい》を滑り喉を下りていく。同時に動いていく指先は耳たぶから頬をたどって唇を撫でた。

フレデリカはただ震えていた。サーディスの唇も指先も恐ろしいほど官能的だ。どこに触れられてもぞくぞくする。サーディスが次に触れる肌が大きな期待で熱くなり、フレデリカは膝を擦《す》りあわせていた。

唇が鎖骨のくぼみをたどるとき指先は肩を撫でていた。鎖骨も肩もひどく敏感で触れられるたび湧き出す快美に小鳥のように震えてしまう。

サーディスの唇と手は焦らすようにその場所ばかりをゆっくりとさまよう。身体はじりじり熱を孕《はら》み、肌がしっとりと汗ばんでいた。乳房は重たく張りつめて乳首がきゅんと縮こまる。

「は、あ、サ、サーディス侯爵……」

フレデリカはたまらず腕を浮かせた。指先が震えて宙を掻き、逞しい肩に取りすがる。サーディスの背中が大きく波打ち、揺れがフレデリカの身体に伝わる。サーディスの肩も汗ばんでいた。指は滑るがフレデリカはなぜかほっとして小さなため息を漏らす。またサーディスの身が揺れた。

サーディスの唇が急に早く動き始めた。鎖骨を離れ左右にじぐざぐとさまよいながら、乳房の丘を上り始める。

乳房を囲むピンク色の輪に唇が届いた。

「あ、あ……！」

硬い肩にすがるフレデリカの指に力が入り、がしりとした筋肉に食い込んだ。

サーディスの唇は乳輪を確かめるように何度も巡り、だが、まだ乳首には触れてこない。

フレデリカの乳首はぎゅっと硬く尖り、つんとした痛みが腰骨の奥に生まれた。痛みは甘い疼痛《とうつう》となり、サーディスの唇の動きに合わせてずきずきとうずく。

「君の、この薄紅色の無垢な乳首を……」

熱い吐息が乳首にかかる。はっと息をのんだのと同時に、サーディスの唇が尖る乳首に触れた。

「ああっ」

初めての刺激にフレデリカはのけぞった。乳房がこぼれてしまうとでもいうようにサーディスが膨らみに手をかける。下からすくい上げるように重い乳房を包み、やわらかく揉《も》んでいく。フレデリカの乳房はサーディスの大きな手の中で潰され、寄せられ、再びすくい上げられて激しく形を変えた。

「は……っ、あ、……っ」

乳房をこれほど揺さぶられるのはフレデリカには初めての経験だった。じわりじわりと来る快感が腰骨を震わせ、息を嚙む。そして乳首に触れる舌が燃えるように熱くてたまらなかった。

「んっ、ん……っ、サーディス侯爵……っ、も……っ」

もうやめて、と言いたいのに、腰に響く快感をもっと欲していた。

サーディスの舌先はいっそ残酷だった。ひらひらと舞い、乳首に触れるか触れないかの焦れったい刺激でフレデリカを甘く苦しく悩ます。

「ん、……あ、く……、ぅっ……っ」

フレデリカののけぞらした喉が鳴った。もっと強く触れて欲しかった。もどかしさに目尻が涙を結び、つ、と流れて耳たぶを濡らす。

「これほど柔らかい無垢な乳房を……」

吐息を乳首に当てながらサーディスが囁いた。

「めちゃくちゃにして、と頼んだのは君だ」

「ん、ん……っ……それは……っ」

貴方以外には頼みたくなかったの、と伝えようとしたフレデリカは激しく身を震わせた。乳首が、サーディスの唇にすっぽり包まれてしまったのだ。

「……まったく、なんて無茶な乙女だ」

フレデリカは絞るような悲鳴を上げた。乳首を含まれたまま話されると、不規則に動く舌と唇の動きでびくびくと身体が揺れてしまう。

「そう、君の望み通り、私は乳房を汚している……」

「あっ、だめ、しゃ……べらな……で……っ」

ふ、とサーディスが乳首を含んだまま嗤った。

「ひあ……っ」

ぞくんと身を貫いた刺激にフレデリカは一瞬の浮遊感を覚えた。

サーディスは満足したようだった。含んでいた乳房を唇を細めたまままつるんと離し、そのまま閉じた唇で左右にゆっくりと愛撫する。

「あ、あっ……っ、それも、いや、あ……」

サーディスの唇は乳首の側面、頂き、そしてまた側面を焦れったいほどのゆっくりさで撫である。ころりころりと乳首が転がる。左右に乳首を転がす愛撫は、上下の動きへと変わっていった。きゅんと硬く縮んだ乳首は乳輪につくほど倒され、立たされ、また下へと倒される。そのたびにフレデリカは啜り泣き、嗚咽《おえつ》を喉から漏らしてしまう。

「フレデリカ、今さら泣いても遅い」

サーディスの指が乳房に食い込んだ。はっと息をのんだフレデリカに構わず、唇が乳首を挟み込む。

「あっ、ああっ」

熱く濡れた粘膜の感触が容赦なく乳首に襲いかかる。サーディスはそのまま唇の内側で左右に乳首をいたぶった。

「あっ、あっ、あんっ、あ……！」

フレデリカの踵がシーツをこすり、限界が来ると足先がぴんと攣《つ》る。

「ふ、ああっ、こ、んなの……っ」

フレデリカは背中をのけぞらし、逞しい肩に抱きついていた。耐えがたいほどの官能を注ぎ込んでくるのはサーディスで、なのにそれから逃れたくてしがみつく先もサーディスしかない。

サーディスは唇の内側で何度も何度も乳首をこする。追い込まれたフレデリカはサーディスの肩を掻きむしる。やがて救いを求める腕はサーディスの髪を強く掴んだ。

サーディスの動きが激しくなった。胸を揉みながら唇が動く。吸いつき、引っ張り、左右に揺らす。硬い乳首を転がすように舌先で撫で回されたりもした。無我夢中で感覚に耐えるフレデリカの腿《もも》がゆるんでいく。

唐突に膝を割られた。サーディスの片膝が両足の間に入り、ぐいと膝と膝を押し分ける。

「ああっ……！」

フレデリカは身体を弓形に反らし、反射的に抵抗した。膝と膝をすり合わせようとしたが、すでに足が挟まっていた。フレデリカはしたこともないだらしない角度で足を開かされた格好だ。

「あ、サーディス侯爵……っ」

胸に恐怖がよみがえる。フレデリカは瞳を目いっぱい見開き、情けを求めてサーディスの髪に指を埋めた。しっとりと汗に濡れた柔らかな髪がフレデリカの指の間を通り、小さな手は男性の後頭部のしっかりとした丸みにぴったりと添えられる。

「んあっ」

再びフレデリカがのけぞったのは、彼の膝が足のつけ根の柔らかな部分を残酷にもぐいと押したからだ。

星の光のように遠い、だが鋭くまたたく感覚が生まれた。

硬い膝はゆっくり押しつけられ、離れてまた押しつけられる。また遠い星の光が走る。

「やっ、これなに……、私……っ」

フレデリカが震えてもサーディスはそれを止めなかった。押しつけられた膝が円を描き、フレデリカは足のつけ根に生まれる怪しげな快感に身を縮ませる。

「ふ、怖いか？　フレデリカ」

サーディスが余裕を見せて囁いた。

「そう、もっと怖がるがいい」

サーディスの膝は両足の間のつけ根に押しつけられたままになった。

乳首を吸い込むサーディスの口がくちゅくちゅといやらしい音を立てる。やがてサーディスは硬い乳首を吸い込みながら口を離した。

「は……っ」

ちゅるっ、と最後の音を立てて乳首が解放され空中で揺れた。乳首はじんじんとうずいていたが、それでも唇の責めから解放されたとフレデリカは息をつく。だがそれは甘い考えだった。

サーディスは口から離した乳首を指でつまみ、こりこりと小さく縒《よ》り始めた。唇はもう一つの放っておかれた乳首に迷いなく下りていく。

「い、あ……」

フレデリカは力なく首を振る。これまで受けた乳首への責め苦で重くもどかしい官能が身体にくすぶりすぎていた。両の乳首をいたぶられると、身体を貫く感覚が二倍どころか何倍にも感じる。

一気に涙が込み上げた。快感なのか恐れなのかもうわからない涙が滲み、ベッドカーテンの重なりが霞《かすみ》のようにぼやける。

あん、あああんとか細く喘いでいるのはどうやら自分らしいとフレデリカは気づいた。自分の身体の上に被さるサーディスの体軀を意識する。ゆるく開いてしまった股には相変わらずサーディスの硬い膝があった。身体が快感に乱れるたびに、膝が当たる場所で怪しい快美がまたたく。

「あ、あん、私……っ」

自ら男性の家に飛び込んで、汚して、などと頼んだのは自分自身だ。けれど純潔を汚すというのがここまで濃密な肉体の愉悦だとまでは知らなかった。

「ああ、サーディス侯爵……っ」

たまりかねて小さく叫ぶと、サーディスははっとしたように動きを止めた。乳首をなぶる舌と唇が静かにその場所から離れていく。

「どうした、フレデリカ」

そのサーディスの声と瞳に冷笑は感じられなかった。むしろ仮面が割れたような心遣いが滲んで見え、フレデリカはひどく心が揺さぶられた。離された乳首がつきんと痛み、目尻にじわりと涙が湧く。

サーディスは興奮した獣性を押さえつけるような一拍を置き、汗で張りつく金髪をフレデリカの額から払う。

「言いたまえ。痛みを感じたのか？」

フレデリカは小さく首を振る。さんざん傲慢にいたぶられた果てに、ふと彼が見せた優しさに心揺さぶられただけだ。

フレデリカと同じようにサーディスも息が早かった。額には玉のような汗が浮いている。オイルランプに照らされた瞳と肌は蜜を塗ったように濡れ輝いている。

フレデリカはふいに胸がいっぱいになった。唇に小さな微笑みが浮かぶ。

「いいえ……。いいえ、なんでもない」

また首を振る。サーディスが指先でフレデリカの頬を撫でた。

「なんでもない？」

サーディスが疑わしげに繰り返す。フレデリカが微笑み返すとサーディスの瞳が動揺を覚えたように揺らいだ。

眉を寄せ、じっと本心をのぞき込むような表情がフレデリカの胸深くに入り込む。フレデリカはそっとまぶたを伏せた。

――ドールス街道とビアーズ侯爵邸の二つの行き先を振り分ける分岐点で、私は道標に見入り、サーディスの悪い評判を知っていたのにビアーズ邸へと進んだ。

私が会いたかったのはあの舞踏会の夜の輝いていて蕩《とろ》けるように優しいサーディスだ。深夜に道標を左に選び道をたどると魔法がかかって三年前の幸せだった私たちに戻って会えるような、そんなおとぎ話のようなことを心の底で期待していた。そんなことが、あるわけないのに。

「……今夜は、もうこのへんで許してやってもいいが、フレデリカ」

押し殺したようなサーディスの声にフレデリカは目を開けた。

サーディスを見つめ返すと今度は彼がわずかに目を泳がせる。だが、彼の指先が未練を残すように乳房を包んだ。やわらかく揉み込まれ、ときに指先が乳首に当たり、フレデリカは刺激に身をくねらす。

「あ、ん……、……は……っ」

フレデリカの喘ぎを聞いてサーディスが再び乳首をつまむ。二つの乳房を両方包まれ、同時に乳首をこすられた。とたんに身体を駆け抜けた刺激にフレデリカは高い声を上げてのけぞった。

「……涙が散った、今」

サーディスの声に興奮が戻ってきた。

「フレデリカ」

サーディスの手の中で豊かな乳房が潰され、ひしゃげ、その弾力で再び形を戻す。

「は、……ん、あ……」

胸を揉み込まれるうちに、フレデリカはもう一つ何かが足りない心もとない気持ちになった。やがてその気持ちは言いようのない欲望と強い衝動に育っていった。なんだかよくわからないが、叫びたいような声を嚙みたいような、盛り上がってくる強い何かに圧倒されてしまいそうになる。

全身がどっと汗を噴き始めた。フレデリカは恐れを感じ、すがるようにサーディスを見る。

「あ……、サーディス侯爵……」

サーディスが目をすがめた。

「まったく……、君は……なんという乙女だ。可愛らしい顔をして……」

何を言っているのかわからなかった。目を細め、サーディスの言葉の意味を取ろうと見つめ返すと、彼はうつむき、落ちた前髪は瞳を隠す。

「フレデリカ」

サーディスの左手が乳房から離れた。ゆっくりと指先が腹を這い、へそのくぼみをくすぐり足のつけ根に届いた。

「きゃ……」

驚いて身をすくませたフレデリカに構わず、彼の指は谷間にそろりと分け入る。

驚いたことに谷間はしとどに濡れていた。サーディスの指はなめらかに進み、縦に割れた柔らかな部分を撫でる。

「ひ、あ……っ」

そこはサーディスの膝が押して鋭い快感を散らしていた場所でもある。やがて太い指がつぼみを割ってわずかに潜った。驚いたフレデリカがびくんと身を震わせると、指はいっときだけ止まり、再びそろりと襞《ひだ》を分ける。

フレデリカはその場所がふっくらと腫れていることに気がついた。太い指は繊細に襞の割れ目を行き来する。苦しくなるほどの繊細さでサーディスはそこを愛撫した。

どんなに声を噛もうとしても喘ぎ声が漏れてしまう。うずまくような熱い何かが肌の内側で暴れていた。

「あっあ、もう、やめ……」

フレデリカの懇願にサーディスは答えなかった。指がすうっと割れ目を上り、ある一点で止まったときにフレデリカは息をのんだ。

「あ」

指は幾重もの花びらの間に大事に隠された花芯《かしん》を見つけた。フレデリカは目を見開いた。そっと触れられる、それだけで閃光のように快感が生まれる。

「や、そこ、な……っ」

サーディスは答えなかったが、決意を固めたように瞳が燃えた。親指と人差し指が花芯をつまむ。ゆっくりとこすり、そのたびにフレデリカは快感になぶられ高い声を上げる。指は優しく残酷だった。どんなに声を上げてもやめてと頼んでもサーディスの指は愛撫をやめない。

フレデリカは歯を食いしばり、身をくねらせて初めて与えられる官能に耐えた。

身体は燃えさかるように熱く心臓はどくどくと脈打った。身体でうずまく熱い何かが咆哮《ほうこう》を上げそうで恐ろしかった。

「フレデリカ、手を」

サーディスが差し伸べてきた手を夢中で摑んだ。指を絡め、包まれても身体に起きる変化がまだ恐ろしい。

指先が花芯を守る包皮を剝《む》いた。

「きゃ、ああっ」

電撃に打たれたような衝撃を感じた。剝き出しになった敏感な花芯を濡れそぼった指が撫で上げる。身体がのたうち、視界がぼやけた。

「あっ、あっ、ああっ、あ！」

痛みと見まがう鋭い感覚にびくんびくんと身がひきつる。そのフレデリカが頼るのはサーディスが差し伸べてくれた彼の手だ。指を絡め、包まれている、フレデリカはぎゅうとその

手を握る。

「あんっ、私、サーディス侯爵……、あ、だめっ私……っ」

「君は、めちゃくちゃにして欲しい、と」

花芯を苛《さいな》む指の動きは残酷なまま、サーディスは絡めた手に力を込める。

「あ……、あ、でもだめっ、だめなのぉ、……だって！」

サーディスは花芯をつまむように何度も何度もこすり上げる。フレデリカはさらに激しく乱れた。快感の波をなんとかやり過ごしても次、また次と襲ってくる。限界だった。身体の中でうずまく何かはもうすぐ肌を突き破って爆発する。

「あっあっ、もうやめ、いやぁ、だって……ぇっ」

「だめだ。君のような乙女はきついお仕置きが必要だ」

「あんっ、お、お仕置き……？」

フレデリカは必死でサーディスを見上げた。

「そうだ。深夜に男の家に飛び込み、いったいなんの用かと思えば、……っ」

花芯をこする指の動きが一段と速くなりフレデリカは喘ぐ。

「自分を汚してめちゃくちゃにしろなどと、まったくなんて無鉄砲な……！」

きゅっと花芯を潰された。

「きゃ！　んっ、あ――っ」

甲高く尾を引く叫び声が広い寝室に響き渡る。フレデリカは真っ白に逆巻くうねりにさらわれ、もみくちゃにされながらどこかの高みに放り投げ出されていた。

激しい酩酊《めいてい》感が長く続き、身体はびくびくと痙攣《けいれん》を続ける。官能の至福に汚されながら、フレデリカは焦点を結ばぬ目でサーディスを見上げる。

めちゃくちゃに激しく乱れる鼓動と見たこともないような眩しさ、感覚……。

だが、やがて官能の奔流も余韻を響かせながら静まっていく。

その引き潮を見計らったようにサーディスは冷酷な声で囁いた。

「……さて、無垢な乙女の身は、官能でめちゃくちゃに汚されたわけだが」

――こすられていた場所が少しひりひりするわ。

フレデリカはそう思ったが、唇は震えただけだった。

「今夜はこのへんで許してやる。このまま休みたまえ。フレデリカ」

サーディスがフレデリカの汗にまみれた髪を撫でてくる。フレデリカの身体は深い満足感とともにぐったりと重くなっていた。言葉をしゃべるのも億劫《おっくう》で、せめてかすんだ視界をはっきりさせたいとやっとのことで瞬きをした。涙がいつのまにか瞳を濡らしていて、ぱたりと目尻から落ちる。

潤んでいた視界がしっかりすると、サーディスはひどくぎらついた目をしていた。

また、フレデリカはサーディスが全身に力を込めてでもいるように小刻みに震えていることにも気づいた。そういえば指を絡めたままの手もかたかたと細かく震えている。

サーディスの身体はちょうど真ん中あたりが灼けたように熱く固くなっていた。

フレデリカは不思議に思い、重い手を伸ばしてその熱い何かを探った。サーディスがその手を撥ねのけた。

「私に構うな。眠りたまえ」

そう言うサーディスは口元に苦しげな皺を刻んでいる。フレデリカはサーディスがひどく苦しげな理由を知りたかったが、激しい眠気に引きずられた。すうっと意識が遠のいていく。

眠りに引きずり込まれる中で、フレデリカはサーディスが何かを罵《ののし》る言葉をつぶやいたのを聞いた気がした。だがそれを聞き返すことはできず、指を絡めたサーディスの手に頬を寄せてフレデリカは眠りに落ちた。

第三章

ゆっくりと目覚めたフレデリカは、目に入るベッドカーテンが見覚えのない藍色《あいいろ》であることに目をまたたいた。

朝が来ていた。窓辺のカーテンは半分だけ開けられて眩しすぎず暗すぎず、そして部屋の調度を眺めてもやはり見覚えのない部屋だった。

身体に怠さを感じる。重い身体を動かすと肩からするりとブランケットが落ちた。うっとりするような肌触りのブランケットでやはり覚えのない匂いがする。

全身に蜜を浴びたような甘く重い感覚を不思議に思い、そっとブランケットを剥いでみると全裸である。

「きゃ……」

慌てたフレデリカはブランケットに身を包み直し、寝台の中で丸くなった。

ようやく昨夜の出来事がよみがえってきた。

私は家出をしたのだ。不品行で評判のサーディス・ビアーズ邸に勇気を持って乗り込んで、彼に破廉恥《はれんち》な頼み事をしたのだ。

「────っ」

思い出すと顔が火を噴いた。フレデリカはしばらく喘いだあと、ふと気になって自分の裸体を検分した。乳房に赤い跡が散っていた。サーディスが唇で強く吸ったせいに違いない。

「あ……、私……」

両腕で身を抱くようにしてフレデリカが首を振ったところで、がちゃりと部屋の扉が開いた。慌ててブランケットに身を隠す。

入ってきたのはサーディスと洗面用のワゴンを押したビアーズ邸のメイドだった。

「フレデリカ、起きていたか」

まだガウン姿のサーディスがベッドに目を向けた。

「は、はい」

「では朝食を運ばせる」

メイドは無表情で窓の近くまで洗面のワゴンを押していくと何も言わずに部屋を出ていく。メイドがいなくなったのでフレデリカがほっとしたのもつかの間、開いたままの扉を通ってまた彼女が現れた。脚の短い大きなテーブルを抱え寝台に近づいてくると、困ったように立ち止まった。

「フレデリカ。起き上がってベッドヘッドに背中を預けるように座りたまえ」

フレデリカはブランケットを引きずると言われた通りの姿勢を取った。メイドがほっとしたように頬をゆるめ、だが無言で寝台の上に脚の短いテーブルをしつらえる。

フレデリカが緊張しているとサーディスがくくっと笑った。

「着替えもせず、ブランケットを羽織ったままベッドで朝食をとったことがあるか？」

「いいえ」

そんな自堕落《じだらく》な真似をしたことはない。

「では、君の初めてのベッドでとる朝食だ」

サーディスが有無を言わせず断じた。メイドが部屋を出て今度は朝食のワゴンを押してきた。

二人分の清潔なナプキン、二人分のティーカップにティーポット、大きな皿にカットフルーツ、トーストにスクランブルドエッグ、肉の燻製《くんせい》をスライスしたものなどが次々にテーブルに載せられていく。

ごくありふれた朝食らしい品目に、しかしフレデリカはほっとしていた。サーディス・ビアーズ邸ではかなりのメイドが逃げてしまったと聞くが、サーディスの衣食住の世話をする者くらいはまだ残っているらしい。

よく熟れたフルーツの甘酸っぱい香りをフレデリカは吸い込んだ。少し炙《あぶ》った燻製と卵とバターもよい香りを上げていて食欲をそそる。

メイドは仕事を終えるとやはり無言のままベッドを離れた。退室するとき、彼女は扉を閉めたのでフレデリカはようやく胸を撫で下ろす。

あのメイドは主人のベッドにいる裸の女性をいったいなんと思っただろう。いたたまれなくなりうつむくと、食事の載ったテーブルが目に入る。

「どうやって朝食をベッドで？」

フレデリカは疑問を口にした。

「こうやって」

サーディスがベッドに歩み寄り、片手で脚の短いテーブルを支えながら上手に寝台に乗ってきた。

「きゃ」

同じようにベッドヘッドに背を預け、肩を寄せてきたサーディスに思わずフレデリカは身を遠ざけようとした。

「おい、動くな」

サーディスは素早くフレデリカの肩を捕まえた。

「テーブルがひっくり返ったら大変な惨事だ」

フレデリカは首をすくめ、そんなことにならないよう身体も小さく縮める。

「まずはお茶を」

サーディスは肩を抱いたまま器用にティーポットを取り上げ、フレデリカのカップに琥珀の液体を注いでいく。

深みのある香りが立ち上った。

こほんと咳払《せきばら》いをしてサーディスがフレデリカをちらりと見た。

「……、かなり喉が渇いているのでは？」

確かにその通りだった。でもなぜそれを気遣ってくれるのだろうとフレデリカがいぶかしく思った瞬間だった。

「昨夜、相当な声を上げていた」

かあっと全身が熱くなる。

「さっき君がしゃべったとき、声が嗄《か》れていた」

恥ずかしさに今度は耳が熱くなった。

わざわざそんなことを指摘するなんてサーディスは意地悪だと腹が立つ。お茶を注いでくれたお礼を言うのが筋だが、フレデリカはあえて無視した。胸がはだけないように片手でブランケットを押さえ、腕を伸ばしてカップだけ取る。肩がはだけたが仕方がない。フレデリカはカップに唇をつけた。

お茶はフレデリカの家で朝食に出るものと香りも味も違った。だがとても美味《おい》しかった。めずらしさもあり、また熱いのでふうふうと息を吹きかけて冷ましながらカップ半分も飲んでしまった。

サーディスはお茶を飲むフレデリカをじっと見ている。

喉が潤うとフレデリカはサーディスを見返した。

「なんでそんなに見つめるのですか」

サーディスの唇の端がぴくりと上向いた。

「……それは、つまり、……」

サーディスは思案するように眉を寄せ、それから瞳を上向け、ようやく視線をフレデリカに戻した。

「朝のベッドで裸のまま、お茶を飲む君を視《み》て汚しているのさ」

フレデリカはぐっと息が詰まった。

「だが、このへんで私も朝食にとりかかろう」

サーディスは手早く自分のカップに茶を注いで、真っ白い皿の上のトーストに卵と肉の燻製を載せた。そしてトーストにナイフを入れて、一口大に切り分けると口に運んだ。

「こうやって食べると美味い。君は行儀が悪いと思うか？」

フレデリカは質問に答えなかった。空腹を覚えているのに、ナイフとフォークを使うにもパンをちぎるにも両手が必要だ。

「あの、私、その……」

「なんだ」

サーディスは素知らぬ顔で切り分けたトーストにフォークを突き刺す。

「朝食を食べるのに、あの、ふ、服を……、せめてガウンを……」

フレデリカは羞恥《しゅうち》を感じながら口にした。

「そのままで食べるんだ」

「上半身が裸になってしまいます！」

フレデリカが抗議するとサーディスはフォークを置いた。ゆっくりとこちらを向いたサーディスの唇の端が持ち上がっている。

「ああ。では、私が食べさせてやろう」

「なんですって？」

「聞こえなかったか？　私が口に運んでやると言った。君の手はそのままブランケットを巻きつけておくのに使えばいい」

「それはお断りします。自分で食べられます」

サーディスは眉を跳ね上げた。彼の唇がわずかにすぼまり、フレデリカは嫌な予感を覚えた。

「それなら……」

と、サーディスが再びにやりと笑った。

「君は選ぶことができる。ブランケットを巻きつけたまま私に食事を口に運んでもらうか、それとも、君は自分の両手を使うが、ブランケットははだけてしまうか」

「どちらも嫌です！」

「忘れるな。フレデリカ」

きっとした声で言い返したフレデリカを、サーディスはことさらゆっくりとたしなめた。

「君は、昨夜私になんと言った？」

痛いところを突かれた。フレデリカは唇を噛んだ。

不品行が評判の男性に向けて「私を汚して」と、いや、「めちゃくちゃにして」などと無茶な要求をしたのは自分だ。だが、寝台の中で起きた出来事で充分ではないかとフレデリカは唇をきゅっと噛みしめる。

「覚えているね？　深夜に私の家を訪ね、途方もないことを頼んだのは君だ。せっかく飛び込んできたものを、たったひと晩で解放すると思ってもらっては困る」

「どういうことですか」

「言っただろう。君は、私の新しい玩具だ。私はしばらく君で遊ぶことに決めた。君は囚《とら》われてしまったんだ」

「そんな……」

「さあ、好きなほうを選びたまえ。乳房を露わにして朝食をとるか、ブランケットを摑んだまま私の手で食べさせてもらうか」

フレデリカは絶望を覚えた。だが、反発心がむくむくと湧き上がってきた。

深夜に不作法に訪問し、さらに無茶な頼み事をしたこちらに一方的に非があるとはいえ、その翌朝の朝食を裸で食べるか彼の手で食べさせてもらうか選べだなんてひどい仕打ちだ。

ごくりとつばを飲み込むと、フレデリカは握りしめていたブランケットを離した。なめらかな生地がするりと滑り、フレデリカの乳房が露わになる。

サーディスが息をのむのがわかった。だがフレデリカは彼の存在を無視をした。まず甘い香りで誘うフルーツの皿にフォークを伸ばす。皮を剝き切り分けられたオレンジを取り、口に運ぶとみずみずしさがはじける。次はりんご、砂糖漬けのマルメロ。怒りに任せて次々と口に入れて飲み下す。空腹なのか乳房も露わな裸で男性の前で食事をとる苦しさなのか、胃がきゅうっと収縮した。

ふいに朝食のテーブルがぼやけた。まばたきをすると悔し涙はさらにこみ上げ、フレデリカの頬をはらはらと伝っていく。

サーディスがその様子を見ているかどうかはわからなかった。フレデリカはまっすぐ前だけを見て、黙々と皿の上の食べ物をたいらげていく。

あらかた食べ尽くして、フレデリカはフォークを置いた。ナプキンを取り口元をぬぐう。だが涙の筋は拭かなかった。

「ごちそうさまでした」

フレデリカはさっとブランケットを摑むと胸だけ隠し、無視していたサーディスのほうを向いた。

サーディスの皿の上はたっぷりと残っていた。彼は最初の二口を口にしてから、何にも手をつけなかったらしい。

つまり、サーディスは食事をとるより乳房を剝き出しにして朝食を食べるフレデリカを眺めて楽しんでいたということだ。

ひどい人だ、とフレデリカは思った。

昨夜さんざんキスを散らして赤い跡がついたこの胸を、じっくりと眺めて楽しんでいたのだ。

やはりサーディスは変わってしまった。舞踏会の夜に見つめあった、優雅で気品ある立派な男性ではなくなってしまった。

フレデリカの視線に非難を感じ取ったようにサーディスがわずかに身じろぎをした。

「……君の利かん気には恐れ入る」

サーディスが小さな声でつぶやくように漏らした。それでもフレデリカが黙っていると彼はブランケットの裾に手をかけた。少し引っ張ってフレデリカの肩にかけ、上半身を丁寧に包んでいく。

フレデリカは抵抗しなかった。無表情でサーディスを無視し続ける。サーディスはブランケットの上からフレデリカをなだめるように肩を撫でる。

「……フレデリカ、……」

サーディスは何かを口の中でつぶやいたがフレデリカの耳はよく聞き取れなかった。

それからしばらくそのままでいた。やがてサーディスは諦めた。メイドを呼んでベッドテーブルを片づけさせた。

サーディスは結局はじめの二口しか朝食を口にしなかった。

メイドが朝食のテーブルを片づけたので、フレデリカはようやく洗面ができ、身支度に取りかかれるようになった。するとその間、サーディスはガウンを翻しながらフレデリカにまとわりつき、洗面ボウルの水が冷たすぎないか、タオルは少なくないか、ドレスを着るのにメイドが必要かとあれこれ余計な気を回すわりには威圧的に問うてくる。

そのたびにフレデリカは短く否《いな》の答えを返す。フレデリカの身支度が調い、無言のままトランクの中身の整理を始めるとサーディスはさっと消えて戻ってきた。彼も身支度を調えてきたが、外出するような出《い》で立ちだ。

「お出かけですか」

フレデリカは冷戦状態を一旦休止し、尋ねた。

サーディスが邸を出るのならいい機会だった。一緒に出て、辻《つじ》馬車が拾えそうな街道まで送ってもらい、次の行き先を考えよう。今度こそ祖父のグレードナー伯爵を訪ねて数日の滞在を願うのもいい、どこかに宿を探すのもいい。

身の純潔を自分の選んだ相手に捧げるという目的は果たしたし、昨夜は私も少し頭に血が上っていた、とフレデリカは考えた。

サーディスは眉をひそめて言った。

「君も一緒に行くんだ。行き先は……とりあえずエビア地方にあるドヴァン・ハウスだ。ビアーズ侯爵家の別荘で、ここから半日ほど離れた距離にある」

エビア地方は近隣諸国で一番上質と名高い絹の産地で、フレデリカの夜会用のドレスもエビア・シルクを使ったものがある。とても希少で高価なため、フレデリカも一着しか持っていないし、女性の誰もが憧《あこが》れている。

別荘への招待は魅力的な申し出だったが、承諾するには戸惑いを覚えた。フレデリカが小さく首を横に振るとサーディスはたちまち顔をしかめた。

「君は昨夜、馬に乗ってここを訪れただろう？」

「見ていらしたんですか」

「ああ、窓辺からね」

フレデリカは驚いた。

「馬は家に帰しました。賢い子なので騎手がいなくても帰り着いているはずです」

「それは大変だ」

サーディスが大きな声を出した。

「馬が戻っているのなら今頃クレペラ家では大騒ぎになっているぞ。君の失踪は父上の耳にもとっくに入っているだろう。馬が戻ってきたとなれば、せいぜい近所のどこかに身を隠していると考え、探し始めていることだろう」

その通りだった。フレデリカはにわかに不安になった。このまま居場所が見つかって連れ戻されてしまうのだろうか。

「フレデリカ。君が私の意に従わないなら……」

サーディスはにやりと露悪的に笑って言った。

「君を誘拐するまでだ」

驚いて口を開けてしまったフレデリカを見ながらサーディスは続ける。

「昨夜の君の話だと、しばらく相手をして欲しいとか、私と駆け落ちしたことにすればいいとか。確かに君の口が言ったことだ」

フレデリカははっとした。昨夜は夢中でそんなことを口走ってしまっていたが、こうやって明るい光の下で思うとひどく自己中心的で身勝手な頼み事だった。

「でも……」

フレデリカは胸の前で両手を握った。

「よく考えてみれば、サーディス侯爵がよりによって隣家の娘と駆け落ちとか……、いえ、駆け落ちしたら結婚するのが筋ですし、ましてや誘拐したなんて噂が立ったら」

「私の評判はもう地に落ちていると君は言った」

フレデリカは後悔のあまり固く握った手を揉んだ。

「ごめんなさい、サーディス侯爵。昨夜の私は貴方のお気持ちをあまりにも考えなさすぎでした。撤回します。私のことは、昨夜、力になってくれたことで充分です。今の願いは、私を辻馬車の通る街道まで」

「フレデリカ」

サーディスがフレデリカの手をさっと取り窓辺へ導いた。

「見たまえ。ビアーズ邸に来客だ」

窓辺に立つと、馬に乗った男が門番に要件を告げているところだった。

「クレペラ家の使者じゃないかな?」

どきりと身をすくませたとたん、サーディスはフレデリカの手を引いて窓辺から身を隠した。そして素早くフレデリカのトランクを持つと囁いた。

「時間がない。行くぞ」

サーディスはフレデリカの手を引き、早足で部屋を出て廊下を急いだ。階段を下る。

「早く。行き会ってしまったら大変だ」

フレデリカは片手でスカートをつまみ上げ、つまずき転ばないでついていくのが精一杯だった。階段を駆け下り、玄関ホールに着くとドアベルの音が響き渡る。フレデリカは思わずサーディスの顔を見た。サーディスは真剣な眼差しで小さくうなずき返す。

昨日は姿を見せなかった執事がホールに現れた。サーディスは執事に目で何かを命ずると彼は心得ましたとばかり深くうなずいて見せる。

「フレデリカ、こっちだ。裏口から出る」

二人が玄関ホールを抜ける前に再び訪問客がベルを鳴らす。振り返ったフレデリカの目にゆっくりと扉に向かう執事の後ろ姿が映る。

サーディスに導かれて裏廊下を走り、やがて屋外に出た。

「馬を用意してある」

サーディスの言葉通り、すでに馭者《ぎょしゃ》を揃えた二頭立ての馬車が待機していた。

「早く乗るんだ」

せき立てられて馬車に乗り込む。座席には男性もののマントが畳んで置いてあった。

「これを被れ。窓から見られても気づかれないように」

クレペラ家の使者に見つかることを思えば従うしかなかった。フードを目深《まぶか》に被りうつむくと馬車が走り始める。

「わ、私、とんでもないことをしているわ」

震え声でフレデリカがつぶやいた。隣に腰を下ろしているサーディスが眉を跳ね上げる。

「でも……、私……」

言いかけてフレデリカは口をつぐんだ。自分の決断を恐れながら、どこかこの逃避行を楽しんでいる。興奮で胸の奥がどきどきしている。

父も継母もどんなに気を揉み、困っているだろうとわかっているのに。いけないことをしているのに。

「でも、なんだ？　フレデリカ」

サーディスはフレデリカの胸の奥を知っているかのような声色で聞き返した。

「ううん。なんでもないです」

フレデリカは言わずにいたが口元が笑ってしまう。サーディスが瞳を大きくした。

「何？」

今度はフレデリカが尋ね返す。するとサーディスはにやりと歯を見せた。

「いや……、君が私のところに来て、初めて歯を見せて笑った」

それはサーディスも同じだった。不届き者で鳴らしている彼のことだ、またひとつ悪行を重ねるのを楽しんでいるのかもしれない、とフレデリカは思う。

サーディスがフレデリカの手を取り、くっくっと笑いを立てた。

「さあ、逃走劇の始まりだ」

逃走……、フレデリカの胸がわずかに苦しくなったが、手を包むサーディスの両手は大きくて温かい。

「なんにせよ我々は間一髪、うまく脱出に成功したのさ」

サーディスが勝利を語る。フレデリカもうつむいてうなずいた。

もう始めてしまったのだ。引き返すには遅すぎる。


馬車は街道を行き、小さな村をいくつか通り過ぎた。馬を休ませるためにときおりは馬車を停め、フレデリカとサーディスも狭い車内から降りて手足を伸ばす。馬を停めるのはたいてい小川か泉のある場所で、浅い春に芽吹いた柔らかな草がみずみずしくフレデリカの目を楽しませてくれた。

今もその休憩で、フレデリカが木陰で木漏れ日に目を細めながら葉ずれの囁きに耳を澄ませていると、馭者とともに馬の点検をしていたサーディスが近寄ってきた。

「もうすぐノランダ村に入る。そこで昼食にする」

「はい」

フレデリカはほっとした。サーディス邸を出て三時間も経っていた。馬車に長く揺られていると案外と疲れがたまるものだ。それに空腹も覚え始めていたので、昼食は嬉しい提案だった。

「フレデリカ、そこの木の根に座りたまえ」

サーディスは木漏れ日の下で伸びをしたあと、地面から盛り上がった太い木の根を示した。

フレデリカは不思議に思ったが素直に腰をかけてみた。

「脚を伸ばして」

膝で折り曲げ斜めに流していた両足を伸ばす。なんだか子供みたいな座り方だわとフレデリカがくすっと笑ったとたん、サーディスが足下にしゃがみ込んだ。スカートをめくり、フレデリカの膝下までのブーツの編み紐に手をかけ、手早くほどいていく。

「きゃ、何を」

「しっ、黙りなさい。君は私の玩具なのだから」

サーディスはためらいもなくブーツを広げるとふくらはぎを摑み、足を引きずり出そうとした。

フレデリカが抵抗して靴から足を出さないでいると、サーディスは手を離し、さっとブーツを引き抜いた。

「あっ」

薄いウールの靴下に包まれた膝下が露わになるとサーディスは手際よく足首を捕まえた。もう片方の手はふくらはぎにかかり、膨らみをゆっくりと揉み始める。

「だいぶ張っている」

フレデリカの抗議の言葉は途中からため息に変わってしまった。

サーディスの太い指が的確に固まった筋肉をほぐしていく。

「ああ……」

フレデリカは心地よさに喉をのけぞらせた。ちらちらとした木漏れ日と日差しに透き通る若葉の緑がフレデリカの目に映る。

「さあ、もう片方の足も差し出したまえ」

マッサージの魔力に屈してフレデリカは言われるままに右足も出した。

サーディスの指は熱心だった。縮んで固まったふくらはぎに始まり、足首の回り、かかとの上の筋まで丁寧に揉み込まれると、冷えていた身体に血の気が巡り、身体の芯からぽかぽかしてきた。

「足を男性に揉ませたことはあるか?」

「ありませんわ」

サーディスは口笛を鋭く吹き、にやりとした。

「ではまた私の邪悪な手で、君の清らかな足を汚したわけだ」

楽しげで、また意地の悪い言い方だった。フレデリカはなんとか言い返してやりたいと思ったがいいセリフを思いつかない。悔しさに頰を赤くして息をつめていると、サーディスはさらににやにやしている。

からかわれたのだとようやく気づき、フレデリカはつんとあごを持ち上げた。

「とても楽になりました」

努めて冷静に礼を言う。マッサージには感謝するが、フレデリカの家出をするほどのせっぱ詰まった事情や昨夜の悲壮な覚悟をそんなふうにからかってもらいたくはない。

フレデリカが無言でブーツの紐を編み始めると、サーディスも手伝ってくれた。やがてフレデリカの両足は元通り皮のブーツに包まれた。

「さあ。昼食までもうひと乗りだ」

サーディスが差し出す手を少し戸惑ってから取った。力強い手がフレデリカを引っ張る。木の根から立ち上がるとき、フレデリカは背中に羽が生えたようにふわりと身体が浮くのを感じた。

サーディスは女性の扱いに長《た》けている。きっと多くの女性が彼とつき合いたがり、そしてつき合ったからだわ……。ちくりと痛みが胸を刺したが、フレデリカはそっと息を吐いてその痛みから気をそらした。

再び馬車に乗り込み、ほどなく道は集落に入った。

「ノランダ村に入った」

サーディスが窓を指差した。

「小さな村ですね」

「そうだね。昼食をとる店もとても小さい」

フレデリカは不安になった。この村に貴族が利用するようなレストランがあるとも思えない。村人たちが集うような食堂をフレデリカは利用したことはなかった。

戸惑いを隠せずにいるフレデリカに構わず、馬車は小さな酒場兼宿屋のような店の前に停止した。

「さあ、お待ちかねの昼食だ」

サーディスにエスコートされて馬車を降りる。「春のあんず貝亭」と木札のかかった店の扉には扉番がいるでもなく、サーディスはフレデリカの手を引いてドアを開けると店に入った。

「いらっしゃい！」

店の女主人の大きな声にフレデリカはびくっと身をすくませた。

「おや、ビアーズ侯爵様じゃないか。久しぶりだねえ。今日はずいぶん綺麗な人を連れているねえ、まるでお姫様みたいだ」

女主人は遠慮なくじろじろとフレデリカの様子を眺める。フレデリカは困ってサーディスの後ろに半分隠れるように立った。

「おっと、さあさ、どこにでも座ってください。いや眺めのいい窓辺がいいね。ちょっとあんた、お姫様とサーディス様に店で一番眺めのいい席を譲っておくれ、さあ」

女主人は、大きな窓の近くの一番いいテーブルに座っている村人を追い出し、さっさと皿やカップをカウンターにと移動する。

ワインを楽しんでいたのか、顔を赤くした村人は気を悪くしたふうでもなく席を立つと、芝居じみた仕草でフレデリカに丁寧に挨拶をし、この席をどうぞと言うように両手を広げて見せた。

「わ、悪いんじゃないかしら」

「そんなことはないさ！　あんたらはめずらしいお客様だもの！」

フレデリカがサーディスに囁いた言葉を女主人が聞きつけて大きな声で答えた。

「せっかくのご厚意だ。喜んで受け取ろう」

サーディスは村人に気さくに礼を言うとフレデリカをさっさと席に連れていく。

促されて、質素だが使い込まれた曲げ木の椅子に座る。椅子には女主人の手作りなのか、クロスステッチが美しい薄いクッションが敷かれていた。

「腹ぺこなんだ。あれと昼食を頼むよ。それから白ワインも少し」

「はいよ、すぐに持ってくるよ」

女主人は嬉しげに厨房《ちゅうぼう》に入っていく。

小さな店は繁盛しているようだった。客はみな村人らしく、サーディスとフレデリカの珍客をじろじろとめずらしそうに眺めている。フレデリカははじめこそ緊張したが、それほど嫌な気持ちにはならなった。というのも店の客は誰もが楽しそうで、また、異色の客を歓迎しているように感じられたからだ。

「はいお待ち！」

磨き込まれたオークのテーブルにどんと置かれたのは小ぶりのブリキのバケツだ。それから空の皿が二枚と先の丸い金属のナイフが、サーディスとフレデリカの前にそれぞれ置かれた。

フレデリカが目を丸くしていると、サーディスがバケツを傾けて見せた。

あんずの実に似た、黄色と橙《だいだい》を混ぜたような美しい色に輝く二枚貝がどっさりと入っている。

「綺麗……！」

貝は窓辺の光を浴びて複雑な黄色にきらきら光る。フレデリカは目をみはった。

「綺麗なだけじゃなく旨《うま》い。店の名前にもなっているあんず貝と言うんだ。食べたことは？」

「初めて見るわ」

フレデリカは首を振った。

「エビアナ河の流れが注ぐ近くの湖で獲《と》れる。このあたりでは早春にみんな食べているが、他の土地ではあまり見かけない。さて、この貝はこうやって食べる」

サーディスはバケツから一つ取り出すと、器用にナイフを使って貝の殻をこじ開け、貝柱を外すと中身を口の中に流し込む。

「旨い！　春の訪れを感じる味だ」

大げさに味わいを楽しむサーディスに客たちが誇らしげにうなずいている。

サーディスは貝をもう一つ取ると手早くナイフを回して開けた。

「さあ、フレデリカ」

腕を伸ばしてフレデリカの口元に持ってくる。

「え、でも……」

フレデリカは左右に目を走らせた。店中の客が自分に注目しているのがわかる。

「さあ」

サーディスは貝のふちでフレデリカの唇をつついた。客たちは期待に満ちた目で窓際のテーブルを見守っている。

恐る恐る唇をほどくとサーディスが貝を傾けた。ぷりっとした弾力のある身が口の中に流し込まれた。春先の土のようなよい香りが鼻に抜け、そっと歯を立てるとみずみずしい貝の甘さがほとばしる。

　あまりの美味しさに言葉をなくし、目を丸くしてサーディスを見た。サーディスはどうだと言わんばかりに唇の端を引き上げた。

　つるりと飲み込む喉ごしもよい。もう一つ食べたくなる味だった。

「とても美味しいわ」

　フレデリカがつぶやくと店の中が盛り上がった。

「俺んとこにも、バケツ一杯」

「俺もだ、売り切れる前に一杯くれ」

「俺もくれ。だけどお姫様と侯爵様のお代わり分は取っておいてくれよ！　おかみさん」

「はいよ！　だけどちょっと待っとくれ。腹を減らしたサーディス様とお姫様にシチューの用意をしてからだよ」

　フレデリカはどきりとして周りのテーブルを見てしまったが女主人の言葉に気を悪くした客はいなかった。

「あんず貝は早春が旬さ。この先の湖でたくさん獲れる」

　客の一人が声を上げた。

「お姫様の口に合うなんて光栄だね」

　厨房から女主人が叫んだ。

「侯爵様もこの味に痺れてお姫様を連れてくるほどさ」

サーディスが答えて片手を上げる。店中に明るい笑いがはじけた。

お姫様なんて呼ばれて困惑もしたが、気づけばフレデリカも笑っていた。

和気藹々《わきあいあい》としたいい店だ。家出をしなければ一生足を踏み入れることのないような店だが、とても楽しくて居心地がいい。サーディスの意外な一面を見られたことも興味深い。

店の客たちはまだこちらを見ていた。フレデリカがはにかみながら微笑みを返すと、客は一様にびっくりして、だがすぐに笑顔を返してくれる。フレデリカはサーディスに目を戻した。いつのまにそんなに平らげたのか、彼の皿には綺麗な黄色い貝殻がもう三つも置かれている。

「さあ、フレデリカ、君の番だ」

サーディスはこの貝が大好物らしい。フレデリカはくすっと笑い、サーディスが剝いてくれたあんず貝を彼の手からつるりと口に入れる。

ふとフレデリカは店の雰囲気に流されてサーディスの指から食べ物を口にしていることに気がついた。

今朝《けさ》、裸をさらして食事をするか、サーディスの手から食べさせてもらうか選べと迫られて怒りを覚え、激しい反発から頑《かたく》なに彼の手を拒み、裸で食事をとるほうを選んだ。あのときはあんなに反発したのに、今、貝を彼の手から与えられても嫌な気分を覚えないのが不思議だ。

あんず貝の美味しさは二人の食べるスピードを加速させた。競争のように順番にたいらげているうち、バケツの底が見えてくる。

「さあお待ちどう。こっちは焼いたあんず貝。ガーリックオイルがかかっているよ。それから鴨《かも》のシチューとうちで焼いたパン。デザートはりんごの予定だよ」

ほかほかと湯気を上げるシチューが木のボウルに入って出てきた。パンは黒パンだがとても香ばしい匂いがする。

フレデリカはスプーンを手にした。貝は美味しかったが、やはり冷たいものだ。お腹《なか》も少し冷えたところでクリームで煮た鴨とほくほくのじゃがいもはことさら美味しく思えた。普段は食べない黒パンも薫《かお》り高くて滋味《じみ》深い。

シチューとパンを食べ終わるとデザートのりんごは籠《かご》に盛って出された。丸のまま、真っ赤な皮つきでつやつやしていて、甘酸っぱい香りがする。

どれも小ぶりなそれをサーディスは一つ取り上げた。両手で包むと軸のへこみに親指を入れ力を込める。めりめりと音を立ててりんごが二つに割れた。新鮮な香りがほとばしり、フレデリカがびっくりしていると、サーディスは半分になったりんごの片方をフレデリカに渡す。自分は残った半分にかぶりついた。

フレデリカはしばらくサーディスがりんごをかじるのを見ていたが、真似をしてその実の端にかぶりついてみる。

「酸っぱいわ」

フレデリカは笑って言った。りんごはとても酸っぱかった。でも、こってりとした鴨とクリームのシチューの食事のあとで強い酸味の果汁たっぷりのりんごはさっぱりとして美味しい。

フレデリカは二つ目のリンゴにかじりついている彼を見ながら、サーディスは、と考えていた。

不品行を取り沙汰《ざた》される彼の噂の一つに、貴族らしからぬ場所に出入りしたり、らしからぬ遊びにも興じたりしているというものがあった。それは、彼が今みたいに貴族同士の社交ではなく庶民と触れ合う機会を持つことを言っているのではないだろうか。だとしたら、そのことは社交界でそれほどまで非難されることではないような気がする。実際、彼はこの店の女主人にも常連客にも好かれているようだ。その様子は昔の優しく気さくだったサーディスの少年時代の姿にどこか重なって見える。

デザートを食べ終え、食後にワインをもう一杯楽しむと、サーディスは腰を上げた。

「そろそろ出よう。夕刻までにドヴァン・ハウスに着きたいのだから」

フレデリカははっとした。ものめずらしく楽しい食事を心から満喫してしまっていたが、私たちは逃避行中なのだ。サーディスの持つエビア地方の別荘、ドヴァン・ハウスに身を隠しに向かう途中だ。

「また来ておくれね、サーディス様、お姫様」

女主人はドアを開けてサーディスとフレデリカを見送ってくれた。

店を出て、休憩を挟みながら一時間も行くとドヴァン・ハウスにたどりついた。

ゆるやかに起伏する丘陵《きゅうりょう》には見渡す限りの桑畑《くわばたけ》が広がっていて、そのうちのこんもりとした森を割る道をくぐって現れた丘の上にドヴァン・ハウスは建っていた。


時刻は夕刻にはまだ少し早いくらいだ。

「君には長い旅路だったろう。すぐお茶にしよう」

サーディスはメイドに命じ、お茶はすぐに用意された。

ドヴァン・ハウスは今朝出立した侯爵本邸の様子とは違い、掃除も行き届き、メイドもほがらかで荒んだ様子は見てとれない。

かぐわしいお茶と甘いお菓子で一息入れたフレデリカは尋ねた。

「おいしいわ。この黒い色のジャムはなんですか？」

フレデリカはビスケットの中心に埋められた艶やかな黒紫《くろむらさき》の粒を見つめながら尋ねた。

「桑の実だ。これは私も好きだ」

「いい香り。それにぷつぷつしてて歯触りも楽しい」

「厨房に言っておこう。きっと喜ぶだろう。桑の実は肉のソースにしても旨い」

馬車に揺られていると案外お腹がすくものだ、と思いながらフレデリカは四つもビスケットをたいらげた。

「少しは疲れが取れたか？」

「ええ。何よりも腰かけている椅子ががたごとしないのがありがたいです」

「もっともだ」

サーディスは真顔でうなずいた。

「長く馬車で揺られて尻が痛むんじゃないか、さきほどのように、私が……」

「サーディス侯爵様！」

サーディスの手が尻に伸びてきたのをフレデリカはぴしりと諌《いさ》め、つんとあごを上げて紅茶を飲み干す。サーディスはにやりとしたがそれ以上の不謹慎な冗談は慎《つつし》んだ。

お茶を飲み終わると、サーディスはフレデリカを別室に案内した。

部屋に入るとずらりと人が並んで待っていた。

広い部屋には二つのソファと三つの椅子、それからテーブルが四つ、そのどれにも赤、黄、橙、青、色とりどりの輝くばかりのシルクの反物《たんもの》が広げられている。まるで百花《ひゃっか》繚乱《りょうらん》の夢の花畑に迷い込んだようだ。

「すごいわ……」

エビア地方の名産の絹地は他のどの産地のものより光沢が強い。真珠のように布自体が発光するような虹色を滲ませる。まばゆい布地にフレデリカは目眩を覚え、つい足下がふらついた。

「おや、馬車酔いでも残っているかな？」

サーディスが腰に手を回し、よろめくフレデリカの身体を支えた。フレデリカは視界が回るのにきらめく布地の色の洪水から目を離すことができない。

その間にも、部屋に並んでいた人々は次々とサーディスに挨拶を述べる。

「部屋にいるのは布商人たちとドレス作りの職人だ」

「ごきげんよう、フレデリカ様」

今度は皆は口々にフレデリカに丁寧な挨拶をする。こんなに大勢の商人や職人に囲まれたことのないフレデリカは戸惑いながら一人一人に精一杯の挨拶を返した。

挨拶が済むと、人々は一斉にフレデリカを取り囲んだ。

「さっそくですがフレデリカ様、美しい御髪《おぐし》のお色に合わせてこの桜の花色の布はいかがですか？」

「フレデリカ様の瞳はとても明るい青色でいらっしゃる。合わせてこの虹青色《にじあおいろ》はいかがでしょう。青い瞳に映《は》えますわ」

「そのミルクのような美しい肌には、きっとこのレモン色の……」

次々と反物を持って広げてはフレデリカの肩から前身頃にと流していく。

「あ、あの……」

「鏡はこちらですわ」

クチュールハウスのデザイナーらしい若い女性が助手を使って鏡を移動させてきた。

「では一つ一つ、ご覧になって」

「それよりもフレデリカ様にお好きな色をまず選んでいただいたら？」

部屋はどっと沸いたように賑やかに盛り上がる。

「サーディス侯爵、これはいったい……？」

フレデリカは、職人に場を譲って一歩後ろに立つサーディスを振り返った。サーディスはすました様子で答えた。

「ノランダ村のあんず貝亭で先触れを頼んでおいたんだ。急いで女性のドレスを仕立てたいから、呼べる限りの商人とデザイナーを屋敷に呼んでおくように、と」

「そうではなくて」

会話を交わす間にも商人たちは次から次へと布地を当てて、これもあれもとかしましい。

「ああ。そうか」

サーディスはふんと鼻を鳴らした。

「君は小さなトランク一つで私のもとに飛び込んできて、しばらく私と過ごすというのに着替えのドレスもろくにない」

サーディスの言う通りだった。何日間の逃避行になるかはわからないが、当面の着替えしかないのは事実だ。

「だから私が用意するのだ。他にまだ質問はあるか？」

フレデリカはぐっと息をのみ、小さく首を振るしかない。

商人たちはいっとき手を止めて二人の様子をうかがっていたが、再び活気を取り戻した。布地を手に手に、フレデリカにあれはこれはと勧め始める。

「さあ、ドレスの布地を選びたまえ」

「……できません」

困り果ててフレデリカはうつむいた。

確かに着替えの用意は少ない。しかし、だからといってこの近隣諸国でも最も価値の高いエビア・シルクのドレスとは身に余るとしか思えない。

「なぜ？」

サーディスの声が鋭くなる。

「商人たちは自慢の品を持って君のために駆けつけてきたというのに」

「……いいえ、だめ。やっぱりいけない」

サーディスの指がうつむいた頬を滑った。フレデリカが顔を上げると、サーディスは眉をひそめて不機嫌そうだ。

「だって……」

こんなに高価なものを、と言いかけてその言葉が商人たちの耳に届き、サーディスの面目を失わせることになりはしないかと言葉をのみ込む。

「ならば私が選ぼう」

サーディスがすっと前に出た。

「そうだな、その桜色と、水色のと、橙色、クリーム色に紅薔薇の色というそれを」

フレデリカは驚いた。一つだけを選ぶのではなく、サーディスは次々と反物の色を口にする。

商人が顔を輝かせた。

「かしこまりました。侯爵様」

布職人たちはほくほく顔で選ばれなかった布を引き取り始めた。代わってフレデリカの前にやってきたのはデザイナーの女性たちだった。

「フレデリカ様、こちらがデザイン帳になります。どうぞごらんになってください」

「私どもなら、ドレスのパーツ別の装飾を絵にしてごらんに入れますよ。どうぞ私たちのデザイン帳もお目を通しください」

シンプルなものから豪奢な飾りまで、目を奪われるモードの美しい絵がフレデリカの目の前に展開される。

大きく膨らんだスカートや幾重にも重なる袖のレース、ぱらぱらとめくられるページのすべてにフレデリカは目が吸いつけられた。

「これはとても愛らしいデザインできっとお似合いになります」

「こちらはクラシックでロマンティック、プリーツがたっぷりと入る出来上がりですよ。先ほどのクリーム色の布でいかがでしょう」

「ではそのデザインにしよう」

サーディスがまた口を挟んだ。

「それから、胸元が四角く切ってあったもの」

「こちらでございますか？」

ぱらぱらとデザイン帳をめくり、デザイナーがそのページを開いた。

「ああ、それだ。フレデリカ、どの布でどのデザインがいいか決めないとすべて私が手配してしまうぞ。言っておくが、私はレディのドレスのことはまったくわからない。あとから不満が出ても困る」

有無をいわせぬ調子でサーディスが促す。フレデリカの心が揺れ、胸がどきどきし始めた。

何よりサーディスが指を差して選んだ反物はフレデリカの心がときめいた色の布ばかりだっ

たのだ。

　フレデリカは小さな声で言った。

「じゃ、じゃあ、この胸元が四角いのは水色で……」

「かしこまりました」

「桜色の布ではこちらのデザインは？」

　それはフレデリカが目にとめていた、スカートが二重になって上の布をカーテンのように引き上げたもので、柔らかな膨らみがとても優雅なデザインだ。

　フレデリカが控えめに希望を伝え始めると物事の進みは早かった。五点のドレスの色とデザインがすべて決まり、するとデザイナーたちはそそくさとデザイン帳をしまい始めた。

「では、これからは侯爵様と殿方はご遠慮願いますわ」

　クチュールハウスの女性が誇らしげに宣言した。

　サーディスと商人たちが部屋から出ると、フレデリカは囲まれてあっという間にドレスを脱がされ、下着姿にされた。クチュールハウスの女性たちは巻き尺を手に手に、フレデリカのバストにウエスト、肩幅に腕の長さ、首の細さまで体中を計測する。最後は靴を脱がされて足形まで取られてしまった。

　そしてフレデリカは手際のよい女性たちによって再びドレスを着せられ、元通りになる。

「ではフレデリカ様。明朝、仮縫いに参りますから」

てきぱきと仕事をするデザイナーが荷物をまとめ、隣の部屋に追いやっていたサーディスを呼び戻した。

「サーディス侯爵様。お約束通り、明日の夕方にはお届けに上がりますわ」

「そんな！」

フレデリカはびっくりした。あまりにも早い出来上がりだ。

クチュールハウスの女性がフレデリカを見た。

「侯爵様のお言いつけです。お針子総動員で仕事に当たりますわ！」

いっせいにうなずく他のデザイナーたちも誇らしげだ。

「それではごきげんよう」

潮が引くように商人とデザイナーたちが部屋を辞する。

ソファやテーブルから輝くばかりの七色の色彩が消えて、落ち着いた調度が浮かび上がる。

だが、フレデリカはまだぼうっとしていた。あっという間の出来事で、夢を見ているみたいだった。

窓ガラスに赤い夕焼けが映り、黒い鳥が夕映えを横切る色彩を見てはっとした。

「でも、やっぱりいただけません」

フレデリカは生真面目にサーディスに語りかけた。

「最高級のエビア・シルクのドレスを五着もだなんて、私にはもったいなくて、いただけません」

たちまちサーディスが不機嫌になった。

「つまり、私からの贈り物は受け取りたくないというわけだ」

じろりと睨《ね》めつけられてフレデリカは困った。常識的に考えて、未婚で、これから老人の養女になる予定の自分が、独身の男性から贈られたドレスを受け取り、身につけるなんて慎みに欠ける。

例えばサーディスが婚約者だというなら話はわかる。だが、彼は婚約者ではない。ただお隣のよしみで、隣家の娘の家出に力を貸してくれているだけだ。それだけでも充分に彼に迷惑をかけているというのに。

フレデリカは言葉を選んだ。

「明日の夕方に出来上がるなら、お針子さんをたくさん雇うのだろうし、私のために、貴方が、そんな散財をするなんて」

「つまらないことを気にするな。富だけは腐るほどあるし、増えるばかりだ」

「でも……」

フレデリカがまだつぶやくとサーディスはいきなり吐き捨てた。

「そう、私には富ならいくらでもある」

「侯爵？」

「だが、何よりも欲しいものは手に入らない」

ぎり、と奥歯を嚙みしめたサーディスがフレデリカの腰に乱暴に腕を回した。ぐいと引き寄せ、サーディスはフレデリカの胸を自分の胸に押しつける。

フレデリカの心臓が緊張に跳ね上がり、二人の鼓動が重なり合った。

「フレデリカ、忘れるな。君は私の玩具なんだ」

サーディスの嚙みしめた歯の間から苦しげな息が漏れる。

「君に拒む権利はない」

サーディスはフレデリカの細い首筋を摑むと仰向けさせた。

「いいか、私は、私の玩具に、着せ替え人形のようにドレスをあつらえただけだ！」

あっと思う間もなく口づけされた。乱暴な舌がフレデリカの唇をこじ開ける。

「ん、あ……っ」

口づけはすぐに深くなった。同時にフレデリカは下腹部に固く熱いものが押しつけられるのを感じた。服越しに感じるそれは硬く、ぐいとフレデリカの下腹部をえぐる。布越しにも火傷《やけど》をしてしまいそうだ。

乱暴な口づけと硬く熱い何か。怯えたフレデリカは顔を背けようとした。だが首筋を押さえた熱い指はびくとも動かず、逃れられない。ますます口づけは激しくなる。

サーディスが覆い被さってくるのでフレデリカの腰は自然に反り返った。すると下腹部に当たる塊はさらに熱く大きくなる。

「あ、な、に……？」

フレデリカが身じろぐとサーディスの舌が歯列の裏を舐めた。

「あっ、あ……！」

生々しい感触にフレデリカの全身が震えた。二度、三度と舌先が行き交い、フレデリカの背骨を怪しい熱が貫いた。舌は容赦なく口中を犯した。上あごを舐め上げ、頬の裏側を舌先でこすり、フレデリカの舌を捉えると口中をかき混ぜるように愛撫した。

「んんっ、サーディ……っ、んあっ」

喉の入り口まで舌を伸ばされ、フレデリカの身は震撼《しんかん》した。眉が恐れに歪んだがサーディスの目には入っていない。

舌と舌が絡まると唾液が溢れてぐちゅぐちゅと鳴った。昨夜彼に口づけられたときの柔和さが今はまったくなかった。

「フレデリカ」

絡めたままの舌で名を呼ばれるとその不規則な動きで背筋に痺れが走る。サーディスの指先がフレデリカのうなじの髪に埋まった。

サーディスは埋めた指をさらに奥に潜らせた。フレデリカはこのままでは結った髪が乱れてしまうと焦り、再び口づけをほどこうと抵抗する。

サーディスは埋めた指をそのまま強く頭頂まで動かし、驚いたことに一気に離した。髪結いのピンがすべてはじけ飛び、桃色がかった金髪がばさりと大きく広がる。

「きゃ……！」

フレデリカの瞳から涙が溢れ舌が恐れに震えたが、それはサーディスをさらに興奮させた。腹に当たる塊が火を噴いたように燃え上がる。

「フレデリカ、私の……、……っ」

腰を抱いていた腕がフレデリカの背中を撫で回す。舌の動きが激しくなる。嚙みつくようなキスにフレデリカはさらにもがき、すると合わせている口の間で互いの歯がぶつかりあった。

「いや……！　いや、サーディス！」

フレデリカは叫んだ。

サーディスがはっと息をのむ。舌の動きが止まり、やがて、静かに口から退く。サーディスが上体を起こし、二人は顔を見つめあった。

フレデリカの目に映るサーディスの顔は上気し、目はまだ興奮に濡れている。唇は腫れて赤みを増していた。

濡れて光っているその唇と舌と触れ合っていたのだと思ったとたんフレデリカの腰にぞくりと震えが走った。

「フレデリカ……」

サーディスが驚いたような目で、フレデリカのほどかれ散った金髪を見た。

「髪が……。いったいいつ……」

サーディスが茫然《ぼうぜん》とつぶやいた。

「……まさか、私がやったのか」

「そうよ！　他に誰が!?」

腰の奥でうずく熱を無視したくて、フレデリカはきっとした目でサーディスを睨みつけた。

それから乱暴に首を振り、サーディスの手を髪先から振り払う。

サーディスは身じろぎし、未練を残しながら、髪から手を引っ込める。

「悪かった」

謝ってくるサーディスにフレデリカは驚きを隠せなかった。

あんな乱暴をしたサーディスが、その傲慢さをすべて失い、その手は、フレデリカの乱れた金髪を整えようか触れずにいようか迷うように宙をさまよっている。

気まずい間が流れた。フレデリカはサーディスの胸を両手で押して身体を離した。サーディスは抵抗せず、フレデリカを解放する。

部屋の扉がノックで鳴った。

「入れ」

サーディスが声をかけるとメイドがやってきた。

「申しつけられていたフレデリカ様のお風呂の用意が整いました」

お風呂！　髪を崩され、直したいフレデリカには渡りに舟のタイミングだ。

「サーディス侯爵。私、早くお風呂を使いたいわ」

「そうか、ああ、では行きなさい」

サーディスはメイドの前で取り繕って普段通りのように声を出したが、どこかうつろな響きがあった。フレデリカはサーディスの側から離れ、さっとメイドに近づくとサーディスを振り返る。

ふと、フレデリカは立ち尽くすサーディスの腰のあたりにできた不自然な膨らみに目をとめた。

これが、もしかして身体を押しつけられたときによく感じる硬く熱い何かだろうか。

「サーディス侯爵、その……」

フレデリカが見つめた腰のあたりを隠すように、サーディスがくるりと背を向けた。

「行きたまえ」

サーディスはもうこちらを振り向かない。

フレデリカは気にはなったが、風呂の魅力には抗《あらが》えない。

サーディスをそのままに部屋を出た。

風呂に案内される間に、フレデリカは、サーディスの腰の膨らみのことはすっかり忘れた。ドレスのことが頭に浮かび、どうしようと苦しくなる。やはり受け取れないと伝えたのに、キスでうやむやになってしまった。しかしもう注文は済んでしまっている。今さら取り消すわけにもいかない。それは商人やデザイナーたちに損害を与えることになる。

フレデリカは胸の痛みを覚えながらメイドの後ろをついていった。

ちょっとした人助けという名目のつかの間の人の悪い遊びにこれほどの散財をするなんて、サーディスは本当に何を考えているのだろう。いや、これこそが彼の放蕩と不品行の評判のもとになる悪い行動なのだと納得しようとしたが、それは難しいことだった。

風呂を使うと疲れも取れ、気分も新たに切り替わる。フレデリカは穏やかさを取り戻した。部屋に戻ると、別の場所で旅の疲れを落としていたらしいサーディスが待っていた。ほどなく夕食になったが、フレデリカは入浴後の気怠さと慣れない旅や出来事の緊張の疲れもあり、多く話すことはできなかった。

夕食のあと、寝室に通された。

大きな天蓋つきのベッドが一つ、ベッドカーテンを開けて主人を待っていた。

「サーディス侯爵はどちらで休まれるのですか」

「ここだよ」

「では私は」

「もちろん、ここだ」

二人はしばし見つめあった。先に折れたのはフレデリカだった。立っているのも億劫なほど疲れていて、とにかく寝台に身を横たえたい誘惑に負けた。

サーディスを無視してトランクを開けた。ドレスを脱ぎ、さっさと夜着に着替えるとサーディスはまだ立ったままだった。

フレデリカはサーディスの横をすりぬけ、寝台の縁に腰をかける。

サーディスが歩み寄り、隣に座るとフレデリカの手を取った。

「昨夜みたいなことをまたなさるんですか？」

フレデリカはうつむき、羞恥に頬を染めながら尋ねた。

「私の玩具が、望むなら」

「私は……今夜は、望みません」

「ふん。玩具も疲れたのだろう」

サーディスがちらりと横目を使う。

「ええ。ゆっくり休みたいの」

「よかろう。協力しよう」

サーディスがフレデリカの膝下に手を入れ、ベッドの真ん中に彼女を横たえた。フレデリカは短い悲鳴を上げた。

「……っ、なさらないのでは」

フレデリカの上に大きな体をまたがらせたサーディスは意地悪気に瞳を光らせる。

「ふん、私の言葉を信じないのか」

サーディスの指が首から肩のラインをたどり、鎖骨のくぼみにわずかに指を埋める。指を肩に戻すと彼はフレデリカの華奢な肩を摑んでそっと揉み始めた。

「あ……」

あまりの気持ちよさにうなじの毛が逆立つのがわかる。喉をそらすと首元でぷつりと音がする。はっとすると、サーディスは夜着のボタンを次々に外していた。

「しないって……！」

「ああ、しない」

ボタンを外し終わったが、サーディスは夜着をフレデリカから引き抜くことはしなかった。開いた前身頃に乳房が半分だけのぞき、へそのくぼみ、下履きのフリルも少し見えている。

サーディスはもう何も言わず、覆い被さったままフレデリカの肩を揉み始めた。

「は、……ん……」

口を結んで耐えていたが、フレデリカはとうとう吐息をこぼした。

ふ、とサーディスは唇を持ち上げる。

「そんなに気持ちがいいか」

「……っ」

気持ちいい、と言ってしまうのはなんだか少しいやらしい気がした。フレデリカは頬を染めて目を伏せる。

「細い肩だ」

サーディスは旅の疲れでかちかちに張った華奢な肩の部分を丁寧に揉みほぐす。

「背中も凝っているのではないか」

その通りだった。背中にサーディスの力強い指を受けたい誘惑に駆られたが、フレデリカは慎ましく耐えていた。するとサーディスはフレデリカの身体をごろりとうつぶせにした。

「あっ」

首の根本を揉まれると小指の先へ痺れが駆け抜ける。

うつぶせでいるので顔を見せなくてもいいし、半分露わな胸の谷間もシーツに隠せて都合がいい。

サーディスの指が背骨に添って下りてくる。フレデリカの身体は温まり、やがて、彼の指先一つ一つにひどく敏感に反応するように変わった。

「ん、……、あ……っ」

サーディスは、こうなることは予測済みだとでもいうように強い指で背中をほぐす。心地よい刺激に夢中になっていると突然背中を撫で上げられた。

「あぁっ！」

油断していたフレデリカは、高い声を上げ身をのけぞらせる。サーディスが両手の指を広げた。首の根本からびてい骨までゆっくりと指を下ろし、また撫で上げる。その触れ方はとても微弱で、かえってフレデリカの身体を敏感にしていく。

「んっ、はんっ、あ……！」

フレデリカは自分でも驚くほど激しく感じて身を震わせた。

サーディスの指は容赦なく背中を微弱に撫でさする。さきほどの力強い指にほぐされていた背中は、布地越しに触れるか触れないかの指に翻弄されて波のようにうねる。

「あっあっ、そ……っ、サーディス侯爵……っ」

フレデリカは過敏すぎる背中を隠したくて身を捩った。

だが、気づけばサーディスの両膝が腰骨をしっかりと挟んでいて、身体を返すことはできない。

サーディスが忍び笑いを漏らした。フレデリカの肌がそれに反応して揺れる。不埒《ふらち》な指先が脇から潜り、二つの乳房を大きく包んだ。

「きゃっ、あぁ！」

円を描くように膨らみを回されてぞくぞくした痺れが腰骨まで響いた。

「はんっ、は……っ、やん……」

思わずフレデリカが腰を突き出すとサーディスはそのタイミングを見逃さなかった。

乳房ごとぐいと半身を持ち上げられ、気づくとフレデリカは自分の肘と膝をついた四つん這いの姿勢を取らされていた。

「まったく、このまま後ろから貫いてしまいたいね」

「あ、え……？」

フレデリカには唐突な言葉だった。意味がわからず、首をかしげる。

「ん、あ、け、剣をお持ちなの……？」

ふ、とサーディスが露悪的に笑う。

「それはもう切れ味の鋭い、飢えた剣を腰に隠している」

フレデリカの体が震えた。怯えていいはずだがむしろ興奮を感じた。

「しかし今夜は我慢しよう。馬車の旅で疲れているのだろうから」

乳房を揉む手がわずかに強まる。揉み込まれるたびにフレデリカの乳房はたぷんたぷんと重く揺れる。サーディスの指先が乳首に当たった。そのままくりくりと押し回されてフレデリカはひときわ高い声を上げる。

「まったく、なんて声を出す……っ」

サーディスが首筋に口づけてきた。そのまま熱い口で首筋を吸われ、耳の後ろまで舐めねぶられる。

「ああん、あっ、ああ、あ」

寄せては返す波のような激しい快感にフレデリカは乱れる。旅の疲れとマッサージの効果はフレデリカの恥じらいを押しやってしまったかのようだった。

サーディスの両手が乳房を放し、鎖骨を撫で上げてから腰へと流れる。

「君はなんと残酷な玩具だ。どこまで私の忍耐力を試す……」

フレデリカは快感に揉まれながら首を振った。いったい何を言われているのか、意味がわからなかったのだ。今夜のサーディスはさっきからよくわからないことを言う。

「フレデリカ。……これはきみのせいでもある」

サーディスの指先が下履きの紐を解いた。そのまま下履きを引き下ろさずに指は静かに先へと進む。指先は茂みに触れた。少したまらうようにゆるい巻き毛の茂みを探り、濡れた谷間に進んだ。

「ああ！」

全身に響く感触にフレデリカの肘が崩れた。頬を寝台に押しつけられたが、腰はサーディスに支えられて、まだ高く上げたままだ。

「よく濡れている……」

サーディスがつぶやいた。指先が秘せられた谷間をゆっくりとなぞる。

「あっ、あっ、だ、め……っ」

つぷ、と指先が襞を割る。

「あっ、いや、だめ、サーディス！」

「まだだ。もう少しだけ楽しませろ」

サーディスは歯の間から苦しげな囁きを漏らした。

フレデリカの熱い谷間でサーディスの指はそろそろと動く。

「ああんっ、だっ……、て、サーディス侯爵っ」

「忘れるな、君は私の玩具だ」

熱いため息が首にかかった。

サーディスの指先は熱く濡れ潤う谷間に指の先を潜らせたまま何度も行ったり来たりする。

「……く、フレデリカ、……ここに……私の……」

熱に浮かされたよう熱い囁きがフレデリカの耳に吹き込まれる。

「さあ、まだ無垢な、そして無鉄砲なフレデリカ……、動くんじゃないぞ？」

とっさにフレデリカは処女を散らされると恐れた。だが、サーディスの指先は谷間のきっ先を探り、隠された小さな百合《ゆり》のつぼみを見つけただけだった。触れられた刺激にフレデリカはびくんと身を波打たせる。

この強い快感を覚えている。昨夜、じわじわと教えられて、そして最後にもたらされためくるめくような激しい官能。

「昨日より少し大きくなっている。……誰のせいかな？」

サーディスが忍び笑う。サーディスの指はぬめりを生かしてぬるぬると濡れたつぼみを愛撫した。フレデリカは刺激に身悶《みもだ》え、その目は蜜をこぼす谷間のように生理的な涙を溢れさせる。

いっそくるおしいほどの刺激だった。フレデリカは身を震わせて耐える。サーディスはわざとじらすように固いつぼみを押したり倒したりする。

「あ、あ、サ……ディス……侯爵……、も……っ」

身体が燃えるように熱くなる。フレデリカは首を曲げてサーディスの顔を見ようとした。サーディスの顔がとても見たかった。ひとりであの雷鳴のような快感を受け取るのはいやだった。

だがサーディスは背後から被さりフレデリカと顔を見合わすことはできない。

乳房をすくいとるようにサーディスの手が伸びてきた。サーディスの手は二度ほど乳房を揉みしだくと、中指と薬指で乳首を挟む。

きゅっと、本当に突然きゅっと乳首と谷間の百合をつままれた。

「ああっん！」

フレデリカは身をのたうたせる。だが指先は執拗《しつよう》についてきた。きゅ、きゅ、と二度ほど揉み込まれると、フレデリカは畳みかけるような激しい刺激に耐えられなかった。

フレデリカは叫び声を上げ、息をのみ、再び高く叫んだ。

まばゆい閃光が激しくはじけ身体が高みに放り上げられる。激しい浮遊感と酩酊感は、昨夜知ったそれよりも深い。

「は、……あ……、……」

フレデリカはがくりと腰を崩した。

「昨夜より上手にいけたようだ」

サーディスが囁き、フレデリカに身体を重ねるように身を横たえる。

フレデリカは喘ぎ、思った。ああ、私はずっとさっきから、こんなふうにサーディスに肌を合わせてもらいたかった……。

だが、肉体的な絶頂の余韻はまだフレデリカの四肢から完全に力を奪い、その思いを口にすることも、手を伸ばして彼の身体を求めることもできなかった。

「さて、どうだ？　今夜も私の指先に導かれて、淫悦《いんえつ》で無垢な身を汚した気持ちは？」

汚した？　……私は汚されたのだろうか？

違う、と感じた。私は汚されてなどいない。

答えたかったが舌が痺れていた。フレデリカが答えられずにいると、そのもの言えぬ唇ににサーディスがキスを与えた。

身体から快感の余韻が引いていく。すると今度は抗いがたい睡魔がフレデリカの身体を侵していく。

それでもフレデリカは質問されたことをまだ覚えていた。ようやく動いてくれる舌で誠実に答えようとする。

「とても、いい、気持ち、だわ……」

半分は夢うつつだった。あの肉体の快楽を思い甘い満足の吐息を漏らし、眠りの淵《ふち》に引きずり込まれる一歩手前で気遣いを思い出し、尋ねた。

「貴方のほうは？　サーディス侯爵……」

サーディスがぐっと息を噛み、ぶるっと身を震わせた。フレデリカは不思議に思い、ようやく動くようになった指をサーディスの裸の胸に滑らせる。

さっきから腿に押しつけられているあの硬く熱いものがひときわ燃え、フレデリカは無意識に足をすりつけていた。

「く……っ、フレデリカ……」

サーディスが歯を食いしばった。

「……どこまで私の忍耐を試すつもりだ……」

だが、フレデリカはすうすうと寝息を立て始めている。

「いいだろう。見せてやる。フレデリカ」

サーディスはぐっと拳に力を込めると、その手を開き、フレデリカの背中にまた当てた。いたいけな子供を守るように優しく全身を抱きしめる。だが、サーディスの筋肉の張った大きな身体はまだ細かく震えていた。

一方、フレデリカは眠りながら唇に笑みを刻んだ。

そっと抱いてくれる大きな手に安心してよい夢を見たのかもしれなかった。

第四章

翌朝、朝食を済ませるのを待って執事が告げた。

「仕立て屋がドレスの仮縫いにと参っております」

サーディスが特に興味もなさそうに言う。

「行ってきたまえ、フレデリカ」

「サ、サーディス侯爵は？」

「そうだな、気が向いたら、顔を出すかもしれない」

窓のほうを眺めながら、再びサーディスは気も乗らなそうに答える。

「わかったわ」

フレデリカは少し不安も覚えたが、執事に連れられて仕立て屋が待つ部屋へ向かった。

近隣諸国で一番上等のエビア・シルクをたっぷり使うドレスを、それもあんなに短時間のうちに五着も注文するなんて一生に二度とない贅沢だろう。

フレデリカは少し緊張しながら執事の開けたドアをくぐった。

「おはようございます。フレデリカ様」

クチュールハウスのデザイナーたちがお針子を従えて口々に挨拶をした。

「おはよう、みなさん」

フレデリカは挨拶を返したがこれではまるで自分がビアーズ侯爵夫人のようではないかと内心冷や汗をかく。

デザイナーたちはすみやかにそれぞれ仕立て途中のドレスを手にフレデリカを取り囲んだ。

昨日の夕方は反物だったエビア・シルクはすでにどれもボディスとスカートに仕立てられていた。

どれもが輝くばかりに美しかった。まるで魔法を使ったかのようだ。エビア・シルクの艶《えん》麗《れい》なきらめき、ふんだんにドレープやプリーツを取ったデザイン。絹の産地だけあって、クチュールも発展しているのだろう。王都に引けを取らない上品で素敵なラインに仕立てられている。

五着のドレスを次々に着せられ、丈とウエスト、デコルテを細かく丁寧に調整される。

「まあ、フレデリカ様はお美しいからどのドレスもとてもお似合いになりますわ」

デザイナーたちはため息をつき、それはあながちお世辞でもない様子で、フレデリカは恥ずかしくなる。

仮縫いを済ましている間、フレデリカはサーディスを待っていたが、とうとう彼は現れなかった。

　五着の仮縫いはなかなかの重労働だった。すべてを済ませたときにはフレデリカは喉がからからに渇いてしまった。

　執事にサーディスの居場所を尋ねると仕事で席を外しているという。仕方がないのでフレデリカは執事にお茶を頼み、喉を潤したあとに出てきた昼食を一人で終えると、ガーデンの望める部屋のソファでしばらく午睡《ごすい》を取った。

「……の……、……から落ちてきた、ひとしずくの……」

　耳元に優しい声が聞こえた気がした。夢の終わりでふわりと甘いよい気持ちになって目覚め、フレデリカはぱちりと目をまたたいた。

「きゃあ！」

　ソファの前にはサーディスがひざまずいていた。膝をついているので整った顔が至近距離に迫っている。

　サーディスはフレデリカの悲鳴に気分を悪くしたようだ。ぎゅっと顔をしかめて言った。

「夕刻だ。それにドレスが届いている」

「え、もう？」

　思わずときめいた。これは過剰な贈り物だとわかっているのだが、やはり娘としてドレスの仕上がりは楽しみだった。

「見たまえ」

「まあ！」

驚きのあまり目をみはった。部屋の中に五着のドレスが木型に着せられ、ずらりと並んでフレデリカを待っていた。

「素敵……！」

桜色と、水色のと、橙色、クリーム色に紅薔薇色のドレスはどれもこれもまばゆいばかりの輝きを放ってフレデリカを惹きつける。

フレデリカはうっとりと眺め、いつしか我を忘れて身近にあったサーディスの首に抱きついてしまう。

「おっと」

サーディスのしかめ面がゆるんだが、フレデリカの目には入らなかった。

サーディスがこほんと咳払いをし、言った。

「着てみたまえ。どれからにするか君に決めさせてやろう」

「ええ？　じゃあ、あの、紅薔薇色のから……でいい？」

なんだか驚きすぎていてどきどきしすぎて腰に力が入らない。フレデリカがよろめきながら立ち上がるとサーディスが腰を支えてくれた。

それからメイドに手伝ってもらいながら五着のドレスをすべて試着した。サーディスはドレスを着替える間も部屋から出ることはなかった。少し離れたところに立って、フレデリカをじっと見て視線を離さない。下着姿を見られてしまうから席を外してくれと頼んだのにサーディスは聞く耳を持たなかったのだ。

最後に身につけることになったのはクリーム色のドレスだ。それはフレデリカの初めての舞踏会で身につけた金糸雀色のドレスを思い出させた。このドレスは、あのときのドレスよりも黄味が淡いが、布地そのものが放つ輝きであでやかさでは引けを取らない。

フレデリカはあの夜を意識しながらわずかにうつむいてサーディスの前に立った。

サーディスは何も言わず、ただ静かに息をのんだ。

フレデリカはサーディスの反応を恐れた。

――あの初めての舞踏会の夜、サーディスは私を「落ちてきた金色のひとしずくの蜜」と讃《たた》えてくれた。それから、「神話で謳われた美の化身も君のそばでは色褪せるだろう」なんて幼い私が舞い上がるようなことを言って、それから――

急に涙が込み上げてきた。遠い昔のことのように感じる。

――あれから、私は母を失い、生活もずいぶん変わってしまった。私だけではない。今、私を玩具と呼び、汚すために共にいるサーディスも――

「フレデリカ嬢、どうぞ私とワルツを一曲」

フレデリカははっとして顔を上げた。サーディスが神妙な面持ちでフレデリカを見つめ、手を差し出している。

「……っ」

ワルツを、と言われても楽団もいない、音楽もない。だが、フレデリカの耳に高らかなトランペットの音色が響いた。「夜を渡る三日月の船」の哀愁を帯びた前奏だ。

フレデリカはごく自然にサーディスが差し出した手を取っていた。

幻のホルンの柔らかな響き、ヴァイオリンとチェロの弦の三拍子。サーディスのリードは正確だった。音楽が奏でられているように。ぴったりと息の合ったステップが踏まれる。この部屋で華やかな舞踏会が行われ、心揺さぶる美しい音楽が響き渡っているようだ。

「あっ」

フレデリカがつまずいた。

サーディスがフレデリカを抱き留めた。シャボン玉がぱちんと弾けたようにフレデリカは我に返る。響き渡っていた音楽が消えた。

「あ、私、……」

フレデリカは急にうろたえ、サーディスの腕の中から抜け出そうとした。だがサーディスは逃さなかった。

「フレデリカ……」

きつく腰を抱かれ、口づけられる。だがフレデリカは口づけからも逃れようとして身を捩った。

あの素晴らしかった舞踏会の夜の幸福、それはもう失った。あのとき憧れたサーディスもすっかり人が変わり、悪い遊戯に耽《ふけ》り、今、彼の格好の玩具となっているのは、いずれ老人の愛人にあてがわれていくフレデリカだ。

フレデリカがあくまでも口づけを拒むとサーディスは怒りを燃え上がらせた。フレデリカを捕らえたまま、ドレスの背中の紐を解き始める。

「あっ、サーディス侯爵、何を」

「私の贈ったドレスだ。私が脱がす」

「そんな！」

フレデリカが悲鳴を上げるとサーディスは奥歯を嚙みしめて囁いた。

「……もちろん、こうやって私の手で脱がすために着せたのだ。そんなこともわからないか？」

サーディスの手は素早く動く。あっという間に下着にされた。

「ふん、だがまだ続きがある」

フレデリカの手を引き、テーブルの上の木箱を乱暴に開ける。

それはエビア・シルクで作られた夜着と下履きだった。

「最後の試着だ。着たまえ」

部脱がなくてはならない。

「え、でも」

　フレデリカはうろたえた。この夜着と下履きの試着をするには、身につけているものを全部脱がなくてはならない。

「さあ、フレデリカ」

　サーディスの瞳が獣のように光った。深い屈辱がフレデリカを襲う。

　辛い絶望を感じながらフレデリカは下着の紐に指をかけた。ふと指を止め、サーディスを見ると彼は恐ろしい目をしてフレデリカを見ていた。フレデリカは息をのみ、震える指でコルセットを脱ぐ。息を殺すようにして下履きを下ろす。

　全裸になった。

　フレデリカの青い瞳からはらはらと涙がこぼれ落ちた。

　――今の私はサーディスの玩具。私に拒否する権利はない――

　震える手でエビア・シルクの新しい下履きを取り上げようとして手がすべった。

「あ」

　するりと絹地が絨毯に落ちる。たったそれだけのことで耐えきれなくなった。

　フレデリカは顔を覆って泣きだしてしまった。

「フレデリカ」

　背中にはらりと何かがかけられる。とろけるような肌触りのそれは、木箱に入っていた夜着だった。

「……っ」

フレデリカは縋るように夜着を引っぱり、生まれたままの姿を隠す。夜着の前身頃は紐で結ぶ形だった。すぐにでも紐を結び身体を隠したいが、かたかたと震えている指ではうまくいかない。

「手伝おう」

「いりません」

フレデリカは震え声で断ったがサーディスの指が伸びてきた。フレデリカはその手を払った。サーディスは構わずまた指を伸ばす。フレデリカはもう抵抗しなかった。フレデリカが結び損なった紐をつまみ、サーディスが紐を蝶結びにする。

まず露わになっている乳房が隠された。それから、サーディスは五つの前紐を一つ一つの蝶結びにして夜着の身頃は閉じていき、やがてフレデリカの裸の上半身は完全に新しい夜着で隠れた。

「フレデリカ」

サーディスが顔をのぞき込んでくる。フレデリカは顔を背けて視線を避けた。サーディスが一つまばたきをして小さく何かをつぶやいた。

フレデリカの耳には、それは謝罪の言葉に聞こえたが、あまりにも小さなつぶやきだったのではっきりと聞き取れなかった。

フレデリカが何も言わずにいると、サーディスももう何もつぶやかなかった。

その晩、あまり話もせずに夕食をとり、フレデリカは寝室に戻った。サーディスはなかなか寝室に戻ってこなかった。

そしてとうとうその夜にサーディスは寝室にやってこなかった。


「おはよう。昨夜はよく眠れたか?」

降ってきたサーディスの少し深刻な声に、フレデリカは閉じていた目を開けた。

本当は、サーディスが部屋に入ってきて、部屋中のカーテンを開けて光を入れたときからすでに目は覚めていた。だが、昨夜の諍《いさか》いのことを考えるとどういう顔をすればよいかわからず、まだ眠っているふりをしてぎゅっと目をつむっていたのだった。

フレデリカの目に見下ろしてくるサーディスの真剣な面持ちが映った。

「つまり、君は昨晩一人で眠ったから、私にわずらわされずにぐっすり眠れたのではないかと」

サーディスはどこか張り詰めた表情のままフレデリカを見下ろしている。

フレデリカは首を横に振った。よく眠れなかった。夜半に何度も目覚めてはサーディスの体軀をブランケットの間に探していた。

諍いが原因で別々に寝ることになったとわかっているのに、広い寝台に自分一人だと知るたびにフレデリカは孤独を覚え、サーディスの傲慢な手や指や唇の熱さを思い出した。

いつしかフレデリカはサーディスがやってくるのを待ち始めていた。浅い眠りと目覚めるたびの小さな失望、夜が明けても彼がやってこないことにひどく胸がしめつけられていたのだ。

「よく眠れなかったのか」

サーディスが眉を寄せた。

「はい。一人では、なんだか寂しくて」

口からぽろりとこぼれた本音に、サーディスよりフレデリカ自身が驚いた。

サーディスも驚いていた。結ばれていたサーディスの唇がゆるみ、そのまま小さく開いたままになる。

やがてサーディスが沈黙を破った。

「私のような不届き者でもいないよりはいたほうがましなのだろうか」

「不届き者だなんて」

フレデリカはベッドに身を起こした。

「貴方は、私のことを助けてくださっている恩人です」

言いながらフレデリカはその通りだと思った。そうする義理などどこにもないのに、サーディスは自分を助けてくれている。

「朝の挨拶が遅れました。おはようございます。サーディス侯爵」

サーディスが眉を上げ、それからかすかに表情がゆるんだ。

「おはよう。フレデリカ」

「昨夜はどうなさったのですか」

夕刻の下着の試着の一悶着《ひともんちゃく》で彼が気を悪くしているのだとフレデリカは感じていた。子供のように泣いてしまうなんて、サーディスはさぞ呆《あき》れただろう。サーディスは私をすっかり嫌になってしまったのかもしれない、とフレデリカは気を揉んでいた。

「ああ、……昨夜は、少し用があって」

サーディスは具体的な理由を言わずに言葉を濁した。その言葉はフレデリカの心臓に刺さった。やはり昨夕のことが原因なのだろうと考えて、なぜあのとき子供みたいに泣きだしてしまったのかと後悔する。

「フレデリカ」

サーディスがフレデリカの手を取った。しばらく考える素振りを見せて言った。

「私は、これから君を乗馬に連れていく」

「え、外に行くのですか？」

フレデリカはたちまち気分が明るくなる。仲違いを修復するチャンスだ。

「ぜひ、連れていってください」

思わずサーディスに微笑み返すと、彼はどこかぎこちないうなずきを返した。

それから朝食を済ませ、二頭の馬に乗って出かけた。サーディスは、二人乗りを提案したが、フレデリカは断った。自分でたづなを握りたかった。

若葉が芽吹いた桑畑が続く丘陵を馬を駆って走る。二頭の馬は並んだり、サーディスが先を行ったりフレデリカが先頭を走ったりした。

午前中の乗馬は気持ちがいい。草地を走り、軽い上りと下りを繰り返し、やがて視界の先のほうにきらきら光るものが見え隠れしてきた。

「あれはなんですか？」

「エビアナ河の支流だ」

「私、あそこまで行きたいわ」

「いいだろう」

早くたどりつきたくてフレデリカは馬をまた駆《か》け歩《あし》にした。

河の流れが見えてきた。ゆったりとした太い流れが日差しを反射して輝いている。

川辺にたどりつき、二人は馬に水を飲ませると近くの木につないだ。

「フレデリカ」

サーディスが改まった調子で声をかけてきた。

「はい」

思わぬ素直な声が出た。

馬の駆け歩の心地好い興奮でフレデリカの頬は薔薇色に染まっている。サーディスは眩しそうに目をまたたき、目を伏せ、フレデリカの手を取った。

「昨日は、悪かった」

「夜に寝室にいらっしゃらなかったことですか」

そんなことで謝るなんて、とフレデリカは不思議に感じて首をかしげた。

「いや、それもあるが。ドレスの試着をしたとき、最後に君を泣かせてしまったことだ」

フレデリカは顔を赤くした。

「あれは……」

思わず言葉が詰まる。

「私のほうがいけなかったですわ。子供みたいに泣くなんて」

「君が下着の試着はできないと言えば私にもわかった。君は我慢して試着しようとしていたのか」

サーディスが眉をひそめた。

「……それほど嫌なら、なぜそう言わないのだ」

フレデリカは驚いた。傲慢だと思っていたサーディスが後悔を見せている。

川風が渡り、フレデリカの髪をなびかせた。水の匂いを含んだ風に吹かれていると素直な気持ちになってくる。

「あのとき、泣いてしまったのは」

フレデリカは言葉を探した。下着の試着も恥ずかしかったが、それ以上に苦しかったのは、幻の音楽でサーディスとワルツを踊った夢みたいな時間がせつなかったせいだ。

老人の愛人に差し出される境遇と父を困らせているはずの逃避行、すっかり人が変わってしまったサーディス、その彼に玩具として扱われる悪い遊戯じみた関係。何もかもが一気に苦しくなって、フレデリカは涙をこぼしてしまった。

だがフレデリカはその胸の内を打ち明けることはできなかった。

「いえ、サーディス侯爵こそ、泣いてしまった私に腹を立ててしまったのだと思っていました」

「そうではない」

サーディスは驚いたように否定した。

「じゃあ、なぜ」

今度はサーディスが言葉をのみ込んだ。

「それは……」

しばらく息を詰めて見つめあったが、サーディスはそれ以上言葉にしなかった。

フレデリカはふと思った。

私がいま、胸に思うことを打ち明けられないように、サーディスの胸にも、何か言葉にはできない思いがあるのかもしれない。

そうだとすると、ではサーディスが今は胸に秘めている思いというのはなんなのだろう。それを聞けるときは来るのだろうか。それとも、私たちは打ち明けぬ思いを隠して、やがて別れていくのだろうか。

フレデリカは見つめ合いに終止符を打ち、川辺に近づくと水に手を入れた。

「冷たい。でもとても綺麗な流れ」

「エビア地方の暮らしを支えている。反物の染色に用いるし、生産された絹布《けんぷ》の運搬にも使われている」

「綺麗なだけではなくて役に立っているのですね」

「ああ。なくてはならないものだ」

濡れた指先をはじいてみると水玉が散ってきらきらした。フレデリカは心惹かれて、流れに指を入れて水をはじき飛ばし、水晶のかけらのように輝く水玉を見て楽しんだ。

サーディスが隣にやってきて真似を始めた。

「ふふ、綺麗でしょう?」

「ああ。光が当たるのだね」

しばらく水を撥ね飛ばして遊ぶ。

「フレデリカ」

名を呼ばれたのでサーディスのほうを向くと、ぴっと水撥ねをかけられた。

「きゃっ」

フレデリカは悲鳴を上げたが少女に戻ったように高揚した。

「お返しです」

ぱしゃんと流れに手を入れ、濡れた指で水玉をはじき飛ばしてサーディスにかける。

「反撃か」

サーディスがまた水を飛ばした。

「サーディス侯爵だって」

反撃がまた反撃を呼び、二人はしばらく水をかけあう。

「それっ、あ！」

ぱしゃんっ、と水がフレデリカの胸にかかった。気づいたサーディスは手を止めた。

「すまない、やりすぎた」

フレデリカは笑った。

「やだ、こんなのちっとも平気です、……え？」

フレデリカは、サーディスの視線が自分の胸元に釘づけになっていることに気づいた。

見ると濡れたのはちょうど胸の頂点で、水のせいで衣服が肌に張りついていた。今朝はコルセットを着けておらず、下着はシュミーズだけだった。水で濡れた布地のせいで乳首がくっきりと浮かび上がっている。

「あ……！」

思わず胸を手で隠そうとすると、サーディスの腕がそれを阻んだ。

「フレデリカ」

サーディスが熱っぽい声を漏らす。

「あ、サーディス侯爵……っ」

サーディスの手が乳房を包んだ。円を描くように撫で、指先がそっと乳首に被さる。

「あ、あ……っ」

フレデリカは逃れようとサーディスに背を向ける。簡単に身体を回せたがサーディスの手は乳房から離れない。

「あっ、は……っ」

背中から抱き取られ、両手で乳房を揉まれた。

昨夜、サーディスに触れられなかったぶん、彼の手の感触はひどく鮮やかに感じた。

特に布地の上からこすられる乳首の感度がずば抜けていた。

「あっ、あん……っ、あ……ぁ」

へなへなと腰が砕けてしまう。サーディスは後ろからのしかかる姿勢で、フレデリカが草の上に膝をつくままにさせる。

「フレデリカ……、私が触れなかった昨夜はどうだった」

「あっ、んあっ」

きゅっと乳首をつままれる。じんと響いた痛みと快感にフレデリカの身体がぶるっと震える。

「……よく感じるようだね？」

サーディスが忍び笑いを漏らした。

「これを、求めているのが私だけではないとわかったよ」

「も、求めてなんか……っ」

だが否定する言葉とは裏腹にフレデリカの身はひくひくと震え、快感に貪欲になっている身体はいっそうサーディスを興奮させた。

「あっ、胸、そんな……っ、だめ……っ」

サーディスは四本の指を繰り返し使って素早い動きで乳首をかきむしる。

「あっ！　あんっ、あ！　そ……」

一度きゅっとつままれた乳首はさらに敏感さを増していた。刺激はフレデリカをひどく苛み、焦れったさが込み上げて愉悦が腰に重く溜まっていく。

「は！　だめぇ、……なんだか、すごく……、んっ」

フレデリカは喉をのけぞらせた。後ろから耳に口づけされる。

「や、耳も……、だめ……っ」

「そうか？」

サーディスが低く笑う。

「水面に、君の顔が映っている」

「え」

フレデリカはいつしかつむっていた目を開いた。

鏡のような水面に二人の顔が映っていた。眉を寄せ、官能に悶える自分と、唇に妖艶な微笑みを乗せながら、耳に口づけをしているサーディスだ。

「あっ、あ……」

サーディスの爪が乳首をかりかりと掻く。

「はんっ」

水面は快感に悶えるフレデリカを克明に映す。

「フレデリカ。……認めたまえ。君は、私にこうされるのが好きなんだ」

「う……、あ、ん……」

耳朶を舌先で舐められた。そのままねっとりと耳を舐め回され、その間、サーディスの指は乳首を捕らえるとくくり出すようにつまみ上げる。

「ああんっ、もうっ、お願い……っ」

「なんだ、もっと激しくしてくれ、か？」

「ちがっ、ちがうの。も……、これ、許し、て……っ」

フレデリカが懇願すると、サーディスは指の動きを止めた。耳から舌が離れ、代わりに熱く激しい吐息がかかる。

「……君がそう言うのなら」

サーディスは未練を残すようにフレデリカの胸をひと揉みした。

「あんっ」

身をわななかせたフレデリカを支えたサーディスは、彼女が草の上に座るのを手伝った。フレデリカは胸を隠すように膝を抱え、背中を丸めて川辺に座る。サーディスも隣に腰を下ろした。

「……君が立てるようになったら戻ろう」

サーディスの言い方が冷たいような気がしてフレデリカははっとした。熱を持っていた身体をさあっと吹いた川風が冷やす。乳房を這い回っていた熱い手がなくなると、フレデリカは不思議と喪失感を覚えた。

自らやめてと頼んだのに身体はまだ火照っている。そしてもう少しだけ続けて欲しい、とサーディスの愛撫を求めている。

フレデリカは自分に戸惑いを覚えた。身体がすっかり快感に慣れて、それを欲するように変わってきている。

肉体の欲望を断ち切るためにフレデリカはむりやり立ち上がった。

「立てるようになりました」

膝がまだ震えていたが、気にせずにスカートについた土を払う。

「ふん、無理をすることはない」

サーディスが嗤うように言った。

「君の馬はここに置いて、私と二人乗りで帰るぞ」

「いいえ。馬を扱えないほどではありませんから」

フレデリカはきっぱりと断ったが本当は少し自信がなかった。サーディスは目を細めたがフレデリカの言い分を通すことにしたらしい。

それから二人はそれぞれの馬に乗り、ゆっくりとした並歩で来た道を戻った。

ドヴァン・ハウスに戻ると、サーディスはメイドにフレデリカの風呂の準備を命じた。

「君は、川水に濡れて身体が冷えたからな」

サーディスが目をそらして言った。

「ありがとうございます」

フレデリカは礼を言ったが、身体が冷えたかどうかは微妙だった。確かに濡れたまま戸外の風に当たって表面の体温は奪われたが、腰を中心とした身体の芯が熾火《おきび》のよう赤く熱い。揉まれた乳房もつままれた乳首もまだそのときの感触と熱を保ち続けていた。

風呂の用意が整ったとメイドが告げに来た。

「まあ……！」

案内された浴室は、前回使った部屋とは違った。南向きの窓が大きく切ってあり、燦々《さんさん》と明るい光が降り注ぐ部屋だ。

金色の猫足つきのとても大きなバスタブ、全身を映してまだ余る鏡、身繕いのための化粧台も椅子も凝った意匠が施されている。

「素敵……」

部屋に入り、美しい調度を楽しむようにバスタブに近寄り、フレデリカは驚いて歓声を上げた。

水面に色とりどりの花が散っていた。

「とてもよい香り……」

思わず湯に手を入れた。水面が揺れ、薄黄色の水仙《すいせん》、沈丁花《ぢんちょうげ》、三色すみれに紅の椿《つばき》の花びらが一斉にゆらゆらと踊る。かぐわしい香りがよりいっそう立ち、フレデリカは深く吸い込んで楽しんだ。

メイドの存在を思い出して、フレデリカは礼を言った。

「素敵なお風呂をありがとう。私は、一人で入浴できるから貴方は下がっていていいわ」

メイドは何かを言いたげにしたが、一礼して部屋を出た。

明るい部屋で昼間の入浴は心躍ることだった。フレデリカは髪をほどき、ドレスのボタンを軽やかに外していく。

下着も脱いだ。ふとフレデリカは自分の乳房に目をやった。ほんの一時間前にはサーディスの手の中にあったそれは、乳首がいつもより赤く色づき、気のせいか乳房も大きくなっている気がする。

どきりとしたが、フレデリカは胸から目をそらした。これまで自分の乳房の形など気にしたこともなかったのだから、形が大きく、乳首の色も赤くなっているなんて気のせいかもしれないし、ただ、サーディスが触れるから腫れているのかもしれなかった。

湯に浸かるとフレデリカはため息をついた。バスタブに対して湯の量が足りない気がしたが、大きすぎるバスタブなのだから仕方ないのかもしれない。湯は温かく、脚のつま先まで温まるし、何よりもうっとりするようなよい香りだ。

湯をすくい、ぱしゃん、と落とすと川辺での遊びを思い出した。水をはじきあう遊びは楽しかったのになんでまたあんなことに……。

思い出したとたん乳首がつんと痛んだ。触れられたのは布越しで、それはとてももどかしい快感だった。そう、いっそ焦れったいような……。

ひと差し指を乳首に近づけ、触れてみようか触れまいか迷っていたときだった。

浴室の扉が開いた。メイドが差し湯に来たのだろうとそちらを眺めたフレデリカは小さく悲鳴を上げた。

「サーディス侯爵！」

びっくりして乳房を腕で隠す。サーディスはつかつかと窓辺のバスタブに近づいてきた。サーディスはジャケットを脱ぎ、シャツとスラックスだけという格好だった。早足で近づいてくると、裸で湯に浸かるフレデリカを見下ろし、何も言わずに唇を引き結んでいる。ただその瞳は濡れて輝いていた。たっぷりと沈黙の時を取ったサーディスがおもむろにシャツのボタンに手をかける。浴槽のフレデリカから目を離さず、彼はシャツのボタンをはずし終わり、やがて衣類のすべてを脱ぎ捨てた。

「……！」

フレデリカが驚いたのは、サーディスの腰で天井を差し、太く異様な形をしたものだった。女性の身体にはないその器官は、夫婦の営みと子作りをするのに使われると聞かされていたあの器官に違いない。

フレデリカはその大きさに不安を感じ、知らずに胸を隠していた腕がほどけた。重ねた両手が彼女の口元を隠す。

「わたしも入ろう」

サーディスは性急に近づき、ざぶんと湯に入ってきた。

フレデリカの目を釘づけにしていた腰が湯の中に沈み、色とりどりの花が揺れて水面下を隠す。

大きなバスタブでも二人で入るといっぱいになる。少ないのではと思った湯も、サーディスの身体のせいで充分な量になった。

サーディスは腕を伸ばせば触れあう距離で裸の胸をフレデリカの目に晒す。フレデリカは目のやりどころに困り、サーディスの顔を見た。その瞳は窓辺の明るい光より強く、らんらんと輝きを帯びていた。

「君が、自分で乳首に触れようとしていたのを見た」

唐突に、サーディスが意地悪く言った。

「そ……っ」

フレデリカはひどく恥ずべきことを指摘されたように感じ、言い訳を口にしかけたが言えなかった。サーディスが口元を隠すフレデリカの手を剥がし、彼女の唇に口づけて動きを封じたからだ。

「フレデリカ……」

口づけは甘く優しかったがそれは荒々しさを押し殺しているように思えた。

「あっ、サーディス侯爵……っ」

フレデリカは口づけをふりほどこうとサーディスの肩に手をかける。裸の肌に触れた感触に驚き、手を引っ込めると、サーディスがフレデリカの両肩を摑んだ。

口づけが深くなる。サーディスは興奮していて息が早かった。舌が舌にこすりつけられる。

「ふ、あ……っ、あ……っ」

大きな舌で貪るように口中を舐め回され、くすぐられた。サーディスが舌を長く伸ばし、フレデリカの口の中は彼の舌でいっぱいになる。

「フレデリカ」

肩を押さえていた腕がすべり、揺れる乳房をすくい取った。

「あ！」

太い指が次々と乳首を上向きに倒すように流れ、その感触にフレデリカはぶるっと大きく身を震わせた。

サーディスの動きが荒々しくなった。舌を絡め、唾液をすすり、胸を揉む手は遠慮を捨てて、乳房が大きく揺らされる。

乳首に指がかかるたびフレデリカは舌を震わせた。

三つ指で乳首をつままれる。フレデリカが身を揺らすと濡れた乳首は引っ張られ、つるんと滑って指から離れた。

「ああ！」

刺激はフレデリカのつま先まで轟いた。揺れた身体で湯が押し出され、ばしゃんと溢れて床を濡らす。

サーディスの忍び笑いがフレデリカの耳元をくすぐる。

「このまま続けているときっと湯がすべて床にこぼれてしまうな。掃除のメイドが大変だ」

「あっ、あ、だったら、もうなさらないで……っ」

「そうはいかない。フレデリカ」

「あう！」

指先で乳首を捕らえたまま、サーディスがフレデリカの身体を抱き寄せた。膝が折れ、するとサーディスの片手が膝裏にくぐり、片足をバスタブの縁にかけさせた。

「きゃ、あ」

足の谷間に湯が当たる。水中でこんなに大きく足を広げたことなどなかった。

「やっ、こんな格好……っ」

羞恥にぎゅっと目をつむる。

「したことがないか？」

「も、もちろんです」

会話している間もサーディスの乳首への愛撫は執拗だ。だが、フレデリカの身体はそれを貪欲に味わっていた。

「あ、あん、……っ、私……っ」

「なんだ？」

「あ、私、おかし……っ」

目を固くつむっていても明るい部屋では視界は真っ赤だ。バスタブの水に浮かぶ椿の紅色の残像が揺れる。

やがてサーディスの手のひらがフレデリカの肌を這い回り始めた。乳房を離れ、肩を撫で、背中をさすり脇腹を滑る。

「あっ、あんっ」

そのどれもがびりびりと快感の奔流を生むのがたまらなかった。目をつむっているせいか、フレデリカの脳裏には足を大きく広げられて体中を撫でられている自分の様子が鮮明に浮かぶ。

「わ、私……っ」

フレデリカは目を閉じたまま腕を伸ばしてサーディスを求めた。サーディスの力強い手が背中に回り、抱きしめられる。

「あっ」

足の谷間に熱いものが触れた。がちがちに固く、灼《や》けた鉄のように熱い塊が秘裂に押しつけられる。

フレデリカの身体を強い興奮が貫いた。

「サーディス様。差し湯にまいりました」

ノックとともにメイドの声がした。

「入れ」

えっ！　とフレデリカは我に返る。扉が開く音がする。おもわずサーディスにしがみつくと、彼はフレデリカの後頭部に手を当てて、フレデリカの顔がメイドの目に触れないように隠した。

衣擦《きぬず》れの音、湯が注がれる音。じんわりと浴槽の湯が温まり、再び衣擦れの音がする。ぱたんと扉が閉まる音がしてフレデリカはほっと息をついた。

「フレデリカ」

サーディスの落ち着いた声色が耳を打った。フレデリカは危機から脱した心地で、しかし自分がまだ全裸でサーディスの腕の中に捕らえられていることに気づいた。しかも足は広げられ、片足はバスタブにかけたままだ。

「君は川辺で何を言いかけた？」

「か、川辺で……？」

唐突な質問にとまどう。

「ドレスの試着をしたあと、夜着の試着の途中で君が泣き出した理由を言いかけた」

「あ」

フレデリカは思いあたり、息をのむ。言おうか言うまいか迷った。だがしばらく迷ったあげく、フレデリカは顔をサーディスの肩に埋めたまま、小さく、とても小さく首を振った。とても言葉になどできない。だがサーディスは許さなかった。

「正直に言うんだ。フレデリカ」

「サ、サーディス侯爵こそ、あのとき、何かを言いかけました」

「何をだ」

「夜に寝室にいらっしゃらなかった理由を、泣いた私に腹を立てていたわけではないとおっしゃったときに」

「……よく聞いているな」

サーディスは眉を上げ、顔をしかめた。

「サーディス侯爵から先にお話ください」

「私が先に質問したんだ。君から答えたまえ」

「嫌ですわ」

フレデリカは顔をあげ、睨みあいになった。

しばらく睨みあうと、サーディスがふ、と唇に艶めいた笑みを刻んだ。

目元から険しさが取れ、いやらしく光った。フレデリカが驚いて目を見開くと、サーディスはじっと見つめながらまた乳房に指をかける。

「は、あ……っ」

フレデリカは身をくねらせた。サーディスの指先が乳首にかかる。睨みあっていたことがたちまち愉悦に押し流されて、フレデリカは悔しさをかみしめる。

「話し合いは膠着《こうちゃく》した。では続きをさせてもらおう」

サーディスは意地悪く言い、再び乳首を執拗にいじり始める。

湯の中で身を悶えさせるとちゃぷちゃぷと湯が鳴り、また肌をくすぐる。足を開いていることを思い出した。湯が、足の秘めた谷間を揺さぶり、撫でる感覚に気づいたせいだ。

「ずいぶん身悶えている」

サーディスが囁いた。

「なぜかな？」

サーディスはまるで焦らすように乳首だけに刺激を与えてくる。もう限界だった。

フレデリカは観念した。

「……貴方に、その……乳首だけでなく、もっと他のところも触っていただきたくなって……」

言葉は途切れ途切れだった。だが口にし始めると、サーディスにこのことを知ってもらいたいと強い衝動を覚えた。

サーディスの手が止まった。乳首から離れ、フレデリカの湯気に濡れ始めた髪を撫でる。手は、何度も髪を撫でる。サーディスはどこか切実さを感じさせる琥珀の瞳でフレデリカを見つめている。

手の優しい感触と見開いた瞳に胸が締めつけられた。フレデリカは顔を真っ赤に火照らせながら、目を伏せ、胸の内を打ち明け続ける。

「……なんだか私、胸に触られていると、だんだんたまらない気持ちになります……。なんだか、とても、そう……身体を、もっとめちゃくちゃにしてもらいたいような……っ」

サーディスの髪を撫でる手の動きが止まった。フレデリカははっとする。まずいことを口にしてしまったと感じた。

だが、たっぷり三拍も間を置いたあと、サーディスが押し殺した声で囁いた。

「それはとても光栄だ。フレデリカ」

フレデリカははっと胸をつかれて、思わず、伏せていた目を起こしてサーディスを見つめた。

ほんの十センチも離れていない距離でしばらくまた見つめあう。

サーディスは、フレデリカから目を離さずに、そろりと手を動かした。肩から胸、ウエストに滑らせ、フレデリカの浴槽の縁にかけた膝にたどりつく。そして何も物言わずに、その足を持ち上げ、湯の中に戻した。

「サーディス侯爵……？」

「仮面舞踏会に行ったことはあるか？」

サーディスが突然言った。

「ありません」

唐突な話題の変換に面食らいながら問いに答える。

「今夜、ここからほど近い友人の館で開催されるのに誘われている。君を連れていくつもりだ」

刺激的な言葉に胸がどきりとした。

「で、でも」

フレデリカははっとし、自信なげにうつむいた。

「たくさんお客様がいらっしゃるでしょう？　もし私がここにいることがお父様やお義母様の耳に入ったら」

そう、自分は苦しい事情があり家出をして逃げている途中なのだ。サーディスと二人きりでいるとときに楽しいこともあり、ともすれば自分のした頼み事と立場を忘れてしまうときがある。

サーディスは取りあわなかった。

「それは大丈夫だろう。誰もが素性や身分を隠して楽しむのが仮面舞踏会だ。昨日出来上がったドレスを着るよい機会でもあるはずだ」

ドレス……。五着もあつらえてくれたドレス。部屋いっぱいに広げられた五色の美しい反物にまるで魔法をかけたようにあっという間に仕立て上がったきらびやかなドレスたち。試着してサーディスとワルツを踊った過去の夢のようなひととき。

「さあ、どのドレスを着るつもりだ？　フレデリカ。君に好きなものを選ばせてやろう。青いドレスも大人っぽいし、紅薔薇のあれは君の瞳と合わせるととても妖艶でぞくりとくる。仮面舞踏会なら、やはりあの紅薔薇色の……」

急に饒舌《じょうぜつ》になったサーディスの頬に、湯のせいか薔薇色が差していた。日差しを受け止め琥珀色の瞳が独特のきらめきで輝いている。

ふいに胸がしめつけられた。

サーディスといられる日々には限りがあり、しかも短いのだ。いつまでもこうしていられるわけではない。

「……ええ、そうですね、……そうだわ……」

フレデリカは決心し、サーディスに笑顔を向けたが、それはぎこちないものになってしまった。

はじめての口づけ、触れられた肌、侯爵邸から間一髪の脱出。馬車の移動とめずらしい車窓の眺め、ノランダ村での楽しい食事、輝くばかりのエビア・シルクのドレスが魔法のように何着も……。

どれもベッドのブランケットにくるまり見ている夢の中で起きているような出来事だ。だが、現実だった。そしてつかの間のこの悪さを楽しんだら、自分は家に戻らなくてはいけない。いつまでもサーディス侯爵と逃避行を楽しんではいられない。

そう、私はクレペラ家の事業の発展のため、ダルスコット男爵の愛人になるのだから。

「私……初めての仮面舞踏会です。エスコートしてくださる？　サーディス侯爵」

「当たり前だろう」

サーディスはむっとしてうなずいた。だが瞳は昂《たか》ぶり、自信ありげな表情を残しているサーディスを見て、フレデリカは思った。

この人はこういった刺激的な遊びによく慣れた遊び人で、私を、新しく手に入れた玩具だと、それで遊ぶのだと宣言した。私たちの関係は彼と私の利害が一致したから成立したもので、心通じあう恋人同士といったものではない。

今だって、入浴を共にして浴槽の中でキスをし、裸の身体に触れられて愉悦を与えられている途中だが、それはサーディスが明るい光の中で官能を楽しむという淫らな遊びに耽っているからなのだ。

この事実を忘れないようにしようと思う。だが、その思いはフレデリカの胸の深いところをざくりと傷つけた。

仮面舞踏会はドヴァン・ハウスから馬車で二十分程の屋敷で行われていた。そこは、とある公爵の数ある館の一つとだけ知らされ、それがどちらの公爵なのかはフレデリカは教えてもらえなかった。

フレデリカは紅薔薇のドレスで艶めかしく着飾り、顔は目尻が切れ上がった深紅のマスカレイドで隠している。

サーディスのベージュの舞踏服は金糸銀糸の刺繍が施され、斜めに裁たれたジャケットの前身頃からウエストラインと腰がのぞいている。

フレデリカはふと目にとめて思った。

今のサーディスの腰のあの部分は膨らんでいないみたいだわ。

だがすぐにそんなことを気にした自分が恥ずかしいような気分になり、慌てて彼の腰から視線を話す。

サーディスのマスカレイドは金細工でできていた。顔の半分も覆い隠すもので、うずを巻く透かし模様が怪しく、彼のブランデー色と金髪の混じる髪の個性的な美しさをひときわ目立たせている。

馬車の座席は薄暗く、サーディスの顔立ちの陰影が揺れるとフレデリカはぞくりと痺れを感じた。恐ろしくよく似合うマスカレイドで、どこか官能を連想させる意匠だった。

「仮面をつけると、いつもと違う自分になる」

サーディスがフレデリカの肩に手を回した。

「ひととき、いつもの自分を忘れ、そうでない者になる」

耳たぶを舌で撫でられてフレデリカはふるりと身を震わせた。

「楽しもう」

低く囁かれてもフレデリカは返事ができなかった。仮面をかぶったサーディスに触れられただけで身体が熱く燃え、この熱は冷めるどころか燃えて止まらなくなっていきそうだった。

仮面舞踏会の会場につくと、すでに舞踏が始まっていた。

フレデリカはまず人の多さと独特の熱気に驚いた。艶めかしく着飾った紳士淑女はみな色とりどりのマスカレイドとあでやかな装いで素性を隠していた。マスカレイドの多くはまた多彩な羽根飾りがついており、ゆらゆらと羽根を揺らしながら踊る者はまるで誰もがこの世の者ではないかのようで、その怪しさにも圧倒される。

広間は大きな楕円形だった。豪奢なシャンデリアが下がり、天井はドームになっていてステンドグラスで飾られている。

目を奪われ、固まってしまって動けないフレデリカをサーディスは嗤った。

「秘密の夜会だ。誰に挨拶をするでもない。ただ参加し、楽しむものだ」

「はい……」

だがフレデリカはまだ臆していた。

「では手を。私の姫」

玩具、ではなく姫と呼ばれた。もちろん戯《たわむ》れに口にした言葉だがフレデリカの胸にはちくりと刺さった。会場の雰囲気に乗せられてその言葉を本気にしてしまいそうだった。

「どうした。まず飲み物でももらおうか」

サーディスはすぐに首を回し、飲み物のサービスかワゴンを探し始める。

「いいえ。踊ります」

フレデリカはサーディスの手を取った。

スロー・ワルツのリズムに乗って二人は滑らかに踊り始める。裾の広がった紅薔薇色のスカートが大輪の花が咲き誇るように広がる。

サーディスのリードは的確だ。

ナチュラルターンでワンツースリー、ロックトゥライトでワンエンドツー、スリー。

音楽がだんだん盛り上がり、ターンもステップも大きくなった。紅薔薇のようなスカートは風を孕《はら》み熱気も孕み、いつしかサーディスとフレデリカのワルツを足を止めて眺め始める客がでてきた。

スローアウェイ、オーバースウェイ。プロムナードポジションからシャッセ、ワン、ツー、……。くるりくるりと大きく回され、身体がふわふわと浮いてきた。

フレデリカはすべてのリードを彼に任せて夢心地でステップを踏む。シルクの舞踏靴が絨毯から数センチも浮いているような心地だ。

それに、なんだか身体が熱い、三拍子のステップに合わせて、じん……、じん……と足のつけ根がうずく。それが甘く心地好かった。

ずっと手を取って踊っていたい……、うずきが達する果てを見たい……フレデリカが切望するとワルツは終盤に差しかかる。

だめ、まだ鳴りやまないで、終わらないで、この曲……。

だが、楽団はとうとうエンドマークをつけた。わっと喝采が周囲で起きた。フレデリカが我に返ると多くの客がフレデリカを眺めて両手をたたいて賞賛を表している。

「……っ」

フレデリカは顔を赤らめたがサーディスは優雅にフレデリカの手を持ち上げ、客に粋な挨拶を返した。余裕たっぷりのサーディスの態度にフレデリカも合わせて挨拶をする。

それを機に、幾人かの男性がフレデリカを取り囲んだ。

「レディ、どうか私と一曲」

「紅薔薇の女王よ、どうか私と一曲ともにすることをお許しください」

「そのあとはぜひ私と」

気がつくと数人ではなかった。フレデリカの前に、ダンスを申し込む男性が列を作り、自分の申し込みの順番を待っている。

楽団が新しい曲を奏で始めた。だがフレデリカの崇拝者が作った列は散るどころか、人数が増えていく一方のようだ。

「いいえ……私」

困ったフレデリカは助けを求めた。

「諸君。残念だが、彼女は私以外と踊らない」

サーディスが宣言すると不満の声が上がる。だが、サーディスは素早くフレデリカの手を引くとその場を離れた。折しも新しい曲はアップテンポの激しいワルツで、踊る者たちはみな夢中だ。フレデリカに未練を残す男性たちだけが立ちすくんでいる。

サーディスはくるくると回転するカップルたちの間を器用に縫い、会場に次々に生まれるフレデリカの崇拝者を巻き、とうとうバルコニーにたどりついた。

夜の空気が頬に当たる。

「サーディス侯爵……」

フレデリカは二人きりになってほっとしてサーディスの顔を見上げた。

「え……？」

金のマスカレイドを通してさえ、彼のまなじりが吊り上がっているのがわかる。

「フレデリカ」

サーディスは厳しい声を出すとフレデリカの唇を奪った。

「んっ、サーディス侯爵……っ」

サーディスはぐいぐいと身体を押しつけてくる。フレデリカはバルコニーの手すりに背中をあずけ、身体が弓ぞりになるほどだった。

「な、サーディス侯爵、どうしたんですか、侯爵」

食らいつくようなキスの合間にフレデリカは必死で問いかける。

「フレデリカ」

もぎ離すように口づけが終わった。

「会場のすべての男が君を見ていた」

サーディスが恐ろしく低い声で言った。まるで低く唸る肉食獣のような声にフレデリカはびくりと身をすくませる。

「フレデリカ、君は私と踊りながら、瞳を潤ませ、この唇も、まるで――まるでベッドでいくあのときのような――、っ」

サーディスの嚙みしめた歯の間からしゅうしゅうと息が漏れている。

「わ、私がそんな？」

フレデリカは狼狽した。たしかに、三拍子に刻まれて身体の奥がうずいていった。うずきはどんどん大きくなって、あの甘いうずきがうねりを持ってクライマックスを迎えるのを切望した……。

「いいか、君にダンスを申し込んだ男はみな君のあのときの顔を見たいと望んだんだ！」

「そんな」

「素性もわからぬ他の男に、無防備にあんな顔を見せて……、……っ」

サーディスがどんっと手すりを殴る。

「フレデリカ。君に罰を与える」

サーディスの瞳が燃え上がった。

再び口づけられる。キスはとても乱暴だった。

「あっ、あぅ……っ、く、ぅ、サーディス…侯……っ」

舌を舌で残酷になぶられる。フレデリカは必死でサーディスの肩にすがる。歯と歯がぶつかりがちりと鳴った。それでも構わずサーディスはきつく口中を犯し続ける。

「んっ、んっ……息、くるし……っ」

サーディスの激しい息づかいが頬に鼻に耳に当たる。だが彼はいっこうに奪い尽くす口づけを止めようとしない。

「もっと苦しいのは私だ」

サーディスが乳房に手を当てた。指先が探るようにさまよったあと、いきなりデコルテに指が埋まり、コルセットの中の乳房を掴み出す。

「あ、あっ！」

「しっ。静かにしたまえ。それともまだ誰かに見せつけたいのか」

フレデリカは夢中で首を振った。

「だめだ。私の気が収まらない。フレデリカ」

乳首を口に含まれる。フレデリカは悲鳴を上げそうになりすんでのところで我慢する。

「フレデリカ……ッ、……」

サーディスは激しい舌使いでフレデリカの乳首をなぶる。ひとしきりなぶったあとはサーディスは乳首に歯を立てた。

「あんっ」

「そんな声を出すんじゃないっ」

そんな、無理だわ……っ！　フレデリカは涙をにじませた。バルコニーの窓を通した向こうでは舞踏会が行われている。音楽が遠く近く聞こえ、ざわめき、靴音、大勢の人の気配がすぐそこだ。

「は、は……あ、う」

フレデリカが愛撫に耐えているすきにサーディスはもう一方の乳房も摑み出した。

裸の乳房を手袋をはめた手で揉みしだかれてのけぞった。でも、手袋越しはもどかしい。サーディスの指先を感じたい。

「サーディス、お、願い……」

「今の私に君の願いは聞けない」

「ちが……の、手袋、はずして……触って……？」

サーディスが獣のように唸った。なぜそんなことが言えたのだろう？　フレデリカはうろたえた。サーディスの表情を確かめようとしてフレデリカはぞくりと身を震わせた。

マスカレイドをつけたサーディスの滾《たぎ》りきった色気と怪しさ。そう、私も今、紅のマスカレイドをつけている。

フレデリカは仮面舞踏会の真髄に触れた気がした。仮面は魔物だ。慎みを忘れ、立場を忘れ、心の底の願望をこんなにするりと出せてしまう。

サーディスが手袋を外した。

「咥えているんだ。これを」

口元に差し出され、フレデリカは手袋を咥えた。

「ふ。んく、く、ぅ……」

指の感触が乳房に埋まる。指先が直に乳首を転がし、倒し、乳首にキスが雨のように降る。

「くそっ、もう耐えられない。フレデリカ」

サーディスがフレデリカのスカートを持ち上げ、フレデリカの足を撫で上げた。

「う、う……！」

シルクの下履きを穿いた足を、足首から足のつけ根まで急《せ》いたように何度も撫で上げられる。

「ううっ、う……」

サーディスの指が足の谷間に届いた。シルクの滑らかな生地の上から指が秘裂を撫でさする。そこは腫れたように充血していた。直接触られるのではない焦れったさがますますフレデリカを燃え上がらせる。

「う、……」

フレデリカはもどかしさに首を振る。ふっ、とサーディスが笑った気配がした。

「んう！」

つぷ、と指が直接秘裂に潜る。指はシルクの布地に阻まれることなく、直接谷間の泉に触れた。そのまま濡れた渓谷を削る。

「んっ、んん、んっ、――!?」

「驚いたか。フレデリカ」

フレデリカはこくこくとうなずいた。下履きを下ろしていないのに、なぜ。

「フレデリカ、私が君に贈った下着を身につけていたんだな」

「……っ」

サーディスの言う通りだ。昨日、サーディスの前で泣いて試着できなかった下履きを、仮面舞踏会の支度をするときに選んで身につけたのだった。

「この下着には実は秘密がある……ほら」

サーディスが谷間に秘された百合のつぼみをつまむ。

「私の指は布を介さず直接ここに触れるだろう……。君は不思議に思っているはずだ」

その通りだ。フレデリカは紅のマスカレイド越しにサーディスの官能的に歪む唇を見つめる。

「注文するとき、ここを割って作るように指示した」

ぴちゃ、という水音が微かに響いた。

「んっ、んっんっ、んんっ」

サーディスはそれから熱心に花芯を責めた。じんじんと燃えるその部分はサーディスの指をもっとと欲し、フレデリカは自らすりつけてしまう。

「んくっ、くん」

きゅっ、きゅっとこする速度が速まりフレデリカは切なく手袋を噛む。

「く、あぁっ」

ぱたりと咥えていた手袋が落ちた。フレデリカの唇が自由になる。

「わ、私……っ」

フレデリカは夢中でサーディスの首筋に抱きつき、そうしている間にも腰は淫らに指を感じる。充血しているのはその部分だけではない、とフレデリカは熱に浮かされて思った。

ひどい興奮に襲われていた全身も、マスカレイドに隠した心もじゅくじゅくに熱く熟れて燃えて自分の手には負えない。

「あぁ、私……、本当に貴方の……、貴方のものにもしなれたら……」

口からとろりとこぼれた思いにフレデリカはますます高ぶる。

「フレデリカ」

サーディスがぐっとフレデリカの腰を抱いた。

「ならばおいき。私の指で」

きゅんっ、と花芯を潰された。慎みも理性もすべて捨てる。今、ここにあるマスカレイドと自分を抱き取ってくれるサーディスだけがすべてだ。

「あっ、私、い、くぅっ！」

びくびくびく、と身体が跳ねた。

「……あ、あ、あぁっあ！」

達している間にも花芯を刺激され、重なる快感の爆発と奔流にフレデリカは気が遠くなる。

全身から力が抜ける。ぐったりとした身体をサーディスに抱きかかえられながらフレデリカの思いは放たれていた。

サーディスのものになってしまいたい。かりそめのひとときの彼の玩具ではなく、ちゃんと恋して、愛しあうような彼の恋人に私はなりたい……。

第五章

くたくたに力が抜けてしまったフレデリカの身繕いをなんとか整え、サーディスは目立たぬように彼女を支えるとうまく会場を抜けて馬車まで連れていった。

馬車に乗り込むとフレデリカは仮面を外した。サーディスも無言で金のマスカレイドを外す。

素顔でしばし見つめあった。フレデリカは考える。あのとき、私がこぼしてしまった胸の内をこの人は聞いただろうか。

フレデリカの思いを知ってか知らずか、サーディスはフレデリカの手を取った。

だが彼も何も言わず、ドヴァン・ハウスまでの短い道のりを二人は無言で過ごしたのだった。

今夜のサーディスはフレデリカとベッドを共にするつもりのようだった。

フレデリカは先に着替えと洗面を終えていた。夜着に着替え、そのときに下着も替えたが、サーディスに贈られた下着を身につけた。

仮面舞踏会のバルコニーで秘密を教えてもらったように、下履きの、本来ならば縫いあわされている場所は重なる二枚の布になっているだけだった。指を差し入れれば容易にくぐり、そこに触れることができる作りだ。

こんな下着があるとは知らなかった。これを知っているサーディスはやはり遊びに長けた人なのだ。フレデリカの胸がしくりと痛む。

フレデリカは、ワゴンにしつらえた洗面台で顔を洗うサーディスの後ろ姿を眺めていた。寝室で、私の前で洗顔する男性なんて夫以外に考えられないのに、サーディスは夫ではない。そのことが辛かった。

今夜、仮面舞踏会に連れていかれてまず驚いたのはたくさんの人がいたことだ。

フレデリカは、サーディスのもとに飛び込み、彼と過ごす濃密な時間に、いつしか自分がサーディスと二人きりの国で生きているような錯覚をしていたのだ。

いや、ビアーズ侯爵邸を脱出してからも人にはたくさん会っていたはずだ。旅での昼食、ハウスメイドに執事、エビア・シルクの反物商人とクチュールハウスの女性たち。彼らとの触れあいは楽しかったが、使用人と商人たちでは立場が違う。

だが、身分と素性を隠した仮面舞踏会とはいえ久しぶりの社交界に出て、世界にはこんなに人がいて、私たちとどこかにつながりがあるということを思い出して愕然とした。

サーディスと私しかいない国で、二人きりでずっと過ごしたい。そう願っている自分に気づかされた。

つまり、仮面舞踏会への参加がきっかけで、二人きりで閉じた世界から急に現実に引きずり戻された、そんな気がしたのだった。

ダルスコット男爵の養女にならなければいけない。それまでのつかの間の自由として、サーディスの新しい玩具となっている私。戒めて忘れてはいないつもりだったが、どこかその現実が虚構に思え、彼と過ごす時間に心奪われた。

私は、恋をした。サーディスに恋し、彼を愛し始めている。

突然フレデリカは腑《ふ》に落ちた。それは、クレペラ家から出奔するとき、胸に秘めていた望みではなかったか。

老男爵の愛人として差し出されるなら、その前に、ほんのひととき家を離れ、そのあいだに誰かに恋をし、その思い出を胸に抱いて残りの人生で男爵に尽くそう、そう私は願っていたのではなかったか。

静かな震えがフレデリカの身体を伝わる。

――私の願いは叶ったのだ――

そうだ。ならば、だからこそ、とフレデリカは終わりのときを意識する。

私は、もうしばらくだけサーディスと過ごすことを楽しもう。そして、思い出を抱いて家に戻ろう。父の言いつけに従って、ダルスコット男爵の養女として――愛人としての第二の人生を歩むのだ。

「フレデリカ」

ぎしっと寝台を鳴らしてサーディスが隣に腰かけてきた。フレデリカはなぜか緊張した。

サーディスはフレデリカの手を取ると、ややぎこちなく問うてきた。

「舞踏会は疲れたか？」

「サーディス侯爵が……、あんなことをなさるから」

フレデリカは顔を赤らめながら答えた。

「サーディス、と呼んでくれ」

「どうしてですか？」

フレデリカは驚いて聞き返した。

サーディスは断固とした口調だった。

「今夜からはそう呼んでもらうつもりだ」

「ですから、どうして……」

その問いは口づけに封じられた。

ひとしきり舌を吸いあったあと、サーディスがフレデリカの顔を両手で包む。

「それは、今夜、君が本当に私のものになるからだ」

フレデリカの身体が寝台の上に組み敷かれた。

「覚えているか。バルコニーで君がつぶやいたことを」

サーディスの瞳は静かに燃えている。

「私のものになりたい、と言った」

「あれは……」

フレデリカは大きく目を見開いた。思わず口走ってしまったけれど、サーディスの反応はなかった。聞こえていないと思っていたのに。フレデリカは視線を横に流し、サーディスの瞳を避ける。

「仮面は、顔は隠すが、心を剝き出しにするものだ」

「剝き出しに……」

そうかもしれない。思わずサーディスに視線を戻し、フレデリカはぞくっと身を震わせた。マスカレイドをつけていたときの興奮がじわりと身体に戻ってきた。

あのとき、自分でない者になったつもりで、実は心に隠しきっていた自分自身をさらけ出していた。

「私が聞いたのは君の本心だ」

サーディスが口づけた。その口づけには傲慢さはなく、むしろ恭しさを感じた。フレデリカは不思議に思う。

首をかしげるフレデリカにサーディスは再び瞳を落とす。

「だから、……今夜、君を私のものにする」

その言葉の真意に気づき、フレデリカは息をのんだ。


「あっ、も、やめ……て、どうか、そんなに見ないで……」

全裸で寝台に横たわったフレデリカは恥ずかしさに顔を覆った。

「なぜ、何を今さら。バスルームでも全裸だったくせに」

サーディスは低い声でくつくつと笑う。サーディスはフレデリカを寝台に押し倒したあと、楽しむようにゆっくりと夜着を剝ぎ取り、全裸を晒したフレデリカの身体をじっくりと舐めるように眺めるばかりでいた。

見つめられているだけなのにフレデリカの肌は燃えてしまう。性急な熱がかっかと燃えて、あろうことか足の谷間がどんどん湿っぽくなっていく。

「いつまでも眺めていたいが、夜が明けてしまう」

サーディスがゆっくりとガウンを脱ぎ捨てた。フレデリカは息をのんだ。がしりとした肩、ぱんと張った胸、胸に続く逞しい腰には、色を変え怒張したあの大きなものがそそり立っていた。

「私の腰を見ているな?」

はっとしたフレデリカはさっと目をそらした。

「ええ……。あの、その腰のそれは……」

「ふ、ようやく気づいたか」

「い、いつも気づいていましたわ。熱くて、それにとても硬くて……」

サーディスの腰のものがびくりと揺れた。その丸い頂点が露を結び、やがてたらりとこぼれた。

「今夜、君はこれを埋め込まれる」

「埋め……？」

「始めよう。フレデリカ」

サーディスは謎《なぞ》めいた言葉を残し、フレデリカの身体を抱きしめる。肌と肌が触れあい、フレデリカがぞくりと身を震わせるとサーディスも震えが伝染したようにびくりと大きな身体を揺らした。

「フレデリカ、君の手を私の背中に」

フレデリカは言われるままにするりと手をサーディスの背中に回した。すると手の中で背中の筋肉が波打ち、腹に当たる彼の腰のものがゆさっと前後に揺れるのを感じる。

サーディスは身体を寄せたまま器用にフレデリカの乳房をすくい取った。円を描くように揉み、頂きに上るように手のひらをすべらせ、乳首を指先で撫で始める。

「あっ……」

フレデリカはすぐに喘ぎをこぼした。やがてサーディスが顔をずらし、フレデリカの乳首を口に含む。舌で転がし、ときには舐め、引っ張ったり、上に倒したりした。まるで緩急のある音楽のようにサーディスは熱心に乳首に愛撫を施す。

「んっ、ん、あ、サーディス……侯爵……」

「サーディスと呼べと言ったはずだ」

とてもそう呼べなかった。私はまだ玩具で、サーディスの世話になっているという気後れがある。

困惑にフレデリカは眉根を寄せる。でも、とフレデリカは考えた。

私は、いつまでもこうしてサーディスと一緒にはいられない。ならば、もう残り少ない共にいられるときを、少しだけ楽しんでしまうのもいいかもしれない。

「あっ、あっ」

片方の乳首を吸い上げられながら、もう一方を指で潰された。両方の乳房に同時に受ける愛撫は刺激的でたまらない。心が乱れ、息も乱れた。サーディスは唇を乳首から離し、胸の丘や鎖骨、喉へとなめらかにすべらせていく。ワルツのターンにも似た動きにフレデリカは身悶えた。今夜は体が早くから熱くて、肌はいつもの倍増しで感じやすいような気がしてならない。

サーディスの両手が肌を這い始めた。乳房を揉み、肩を撫で、二の腕から小指の先までたどり、薬指を握ると今度は手首から腋下《わきした》へと這い上る。

「ああ！」

フレデリカはあまりの感触に絶え入る声を上げて身を反らす。サーディスの腰の硬いものが当たった。それは熱く濡れていた。フレデリカには、それが自分の足の谷間からこぼれた蜜なのか違うのかわからない。

あまりに体中を撫で回されるのでフレデリカはときに身を強ばらせた。それほど彼の手の感触は官能的で、受け止めきれないうねりが何度もフレデリカを襲う。

腰を撫でられたときには高い声が喉をついた。腰骨は特に感じやすい。双丘の丸みをなで回されると、足の谷間がとろりと濡れた。

「サーディス……」

フレデリカは体中に触れていくサーディスの指と手におののきながら、さっきからずっと硬く熱く、細かく震えているサーディスの腰のものに指を伸ばした。

「くっ、フレデリカ」

サーディスの喉が苦しげに反り、フレデリカは驚いて手を引っ込める。

「う、いいんだ。フレデリカ、触れてくれ」

恐る恐るまた触れてみる。丸みを持った先に指を被せるとそれは熱い露を噴いた。

「……君と同じだ。男性も、濡れる」

サーディスが囁く。彼は苦しげに微笑んでいた。

「私も君のここに触れさせてくれ」

サーディスがフレデリカの足の谷間に指を這わす。そこはいつにも増して濡れそぼりサーディスの指をなめらかに動かす。

「あ、あ、そこ、は……」

指はすぐにつぼみを見つけた。フレデリカがびくんと身を跳ねさせると、指はもどかしいほど繊細に固いつぼみをなで始める。

すぐに快感のうねりがきた。

「は、は……っ」

フレデリカは身を悶えさせながらサーディスの繊細な指を味わう。やがて指の動きは速く、押したりつまんだりを繰り返すようになる。その刺激は強すぎてフレデリカは思わず手に触れるものを握った。

「あ、熱……！」

火傷《やけど》しそうなそれはサーディスの腰で燃えているものだった。

「あっ」

サーディスの指が花芯から離れ、濡れた渓谷をさまよいだした。やがて、指は幾重にも隠された襞の奥に潜り、まだ誰も訪れたことのない小さな窟《くつ》を見つけ出す。

びくんとフレデリカが身を震わせた。サーディスが指を止めた。だがフレデリカが震えながら待っていると、指は再び潜ってきた。今度は少し深かった。

「あ、あ、……っ」

ずいっと進んでいく指をフレデリカは不思議な気持ちで受け止めた。一体どこまで行くのだろうか、この隘路《あいろ》に行き止まりはあるのだろうか。

やがて指はゆっくりと隘路の濡れた壁をこすり始める。フレデリカは声を出さずにいようとがんばったが無理だった。

サーディスの親指のつけ根の部分が柔らかく花芯もこすり始めた。

「あっあ、んっ、やっ」

背中を這い上がってくる痺れはまだ知らない感触だった。

「フレデリカ」

サーディスが魅《み》せられたようにフレデリカの名をつぶやく。彼のものを握っているフレデリカの指がまた熱い露で濡れる。

「ここは、私のような男が犯してはならないと思ってきた」

サーディスが苦しげに囁いた。フレデリカはよくわからないまま首をかしげる。

なんにせよこのままではいられない。強い衝動が大きく膨らみ、サーディスが欲しくてたまらなかった。

「だがフレデリカ。もう……、っ」

フレデリカの指の間から熱く硬いものがするりと抜けた。代わりにそれを感じたのは、サーディスに愛撫を受けていた場所だった。

サーディスの腰のものがフレデリカの濡れた谷間をかき分けた。身体を抱きしめるようにして、ぐっと進め、先端が窟の入り口を潜る。

サーディスはゆっくりと、だが確かに穿《うが》つ。

フレデリカは声も失っていた。指とは比べものにならない大きな力が隘路を拓《ひら》く。ぐっとまた押し入ってきたそれはひととき動きを止めた。

「ど、……したの……？」

不安になったフレデリカは尋ねた。だがサーディスは何も言わなかった。

「フレデリカ。君を——私のものに」

熱い情熱がぐうっと奥までフレデリカをいっぱいにした。フレデリカは衝撃に大きな声を上げる。

「ひ、あっ、大き………っ」

サーディスはとどまらなかった。じりじりと、じわじわとフレデリカの奥を穿って切り拓く。

肩にすがっていたフレデリカの手が痛みに震え宙をさまよう。フレデリカの身が痛みにわななき、全身がぎゅっと縮こまる。

「ひん……っ、痛い……、あ、痛……い……っ」

「く、フレデリカ、……っ、そんなに、痛むか……」

「う、……んっ、痛い……の……っ」

サーディスは動きを止めたが、身体がぶるぶる震えていた。フレデリカの中の熱く硬いものはびく、びくんと痙攣する。

「フレデリカ……っ、もう少しだ……またよくなる……っ」

サーディスは歯をくいしばるとじわりと腰を動かした。

「フレデリカ、……足を、もう少しだけ」

サーディスの手が腿《もも》にかかり、足をさらに割り広げようとする。フレデリカは痛みから逃れられるのなら、とサーディスの手のままに足を開く。

「そう、……、そうだ、上手だ、フレデリカ」

腿にかかっていたサーディスの手が谷間の切っ先のつぼみに触れる。

「あ、あ」

指でそこを愛撫されるとフレデリカの唇が甘い声をこぼす。サーディスは熱心につぼみを愛した。たっぷりと蜜をまとわせた指で上下に倒し左右に倒し、狭い頂点を押し潰す。

処女を拓かれる痛みを忘れ、フレデリカは愉悦に嗚咽する。ともすれば淫らに開脚し、秘窟の半ばまでサーディスを受け入れていることも忘れかけてしまう。

やがてフレデリカの全身が玉の汗を噴き始めた。腰の奥がざわざわと揺れ、拓かれる痛みをもっと強く、もっと奥まで欲しくなってくる。

「あ、ああぁ……」

「あ、サーディス……っ」

フレデリカは目をすがめて痛みと愉悦を与えてくる人を見た。

サーディスの瞳が獣的に光った。

「う、あんっ！」

ずん、と奥までサーディスが来た。サーディスの固い欲望は行き止まりまで達したらしい。

これ以上の侵入を阻む壁のようなものをフレデリカは意識した。

だがサーディスはその壁を何度も突く。ノックするように、砕くように、こつこつとその壁をたたいてくる。

隘路がじわりと濡れてきた。するとサーディスの動きがなめらかになり、こすれる感触が鮮やかに変わる。

「あっ、あっ、な……に……っっ」

とつぜん膨れ上がった快感にフレデリカはじっとしていられなくなった。

「いやっ、これ……っ、はじめて……っ」

穿たれたまま快感に怯えてフレデリカは身を右に左に揺らす。

「女性は、こちらでもいけるんだ」

サーディスが汗を散らして囁く。フレデリカは全身が心臓になったようにどくどく脈打つのを感じ、やがて高い長い叫び声を上げて果てた。

その瞬間だった。身の奥でサーディスのものが大きく膨らみ、どくんと揺れた。熱いほとばしりを身の奥に感じる。

「あっ、何か、ああ――っっ」

その濡らされる感触で絶頂の上に重なる絶頂がやってきた。

フレデリカは声を張り上げる。その間にもサーディスは激しく腰を突いてくる。

「や、も私……っ」

フレデリカはのけぞりまた叫ぶ。

「あぁまた！　私、おかしくなっちゃ……っ！」

「フレデリカ」

一度達したサーディスが再び力を漲《みなぎ》らせた。

「く、君に、壊れてしまうほどの肉体の快楽を……っ」

サーディスの逞しい先端がやわらいだ子宮口をずんずんと突く。強烈な快感が駆け上がり、フレデリカは達した。同時にサーディスも再び大量の精をフレデリカの体内にまき散らした。

くるおしいほどの肉体の快楽が去ったときは全身がぐったりとしていた。フレデリカはそれでも重たい腕を持ち上げ、自分の身体に被さっているサーディスの頭を抱きしめた。

「サーディス……」

フレデリカは快感に腫れてしまったような舌をようやく動かして言った。

「私、もしかして……」

「ああ」

まだ荒い息をしているサーディスが深くうなずいた。

「君の身体を私の子種で……汚した。君を私のものにした」

フレデリカは目を見開いた。

恋をした相手と、私は、とうとう最後まで結ばれた。そして子種……、私は妊娠する可能性がある……。

だがそれ以上考えるのは無理だった。身体がひどく重くて眠くて、フレデリカは意識を失うように眠りの淵《ふち》に落ちてしまった。


それから毎日、昼夜問わず抱かれた。出かけるのはガーデンの散歩くらいで、実質フレデリカはドヴァン・ハウスに軟禁されたようなものだった。

日付の感覚を失うほど濃厚に愛される日々だった。そして、毎回サーディスはフレデリカの体奥を熱い飛沫《ひまつ》で濡らした。

「サーディス。私は、もう少ししたら家に帰ろうと思います」

ある日の昼食のとき、フレデリカは思い切って伝えた。

「帰さないよ」

サーディスは、何を言っているのだと言わんばかりに取り合わなかった。

「でも……、以前にお話したように、私はダルスコット男爵の養女に行くための支度もあるし……。そろそろ、逃げるのはやめないと」

「いいや、帰さない」

サーディスは断言し、フレデリカは絶句する。

そのまま話し合いは行き詰まり、サーディスは考えを翻すことはない。

フレデリカは家から遠く離れたドヴァン・ハウスから家まで帰り着く手段が見つからなかった。

寝台で、ガーデンのあずまやで、デイベッドで、バスルームでサーディスに抱かれた。快楽の甘露に慣れてしまった身体はサーディスの手を拒めない。

二週間が経過したとき、フレデリカは、女性の月のしるしが遅れていることに気がついた。

「まさか……」

フレデリカの身体を喜びが貫いた。だが、すぐに背中が冷えた。未婚の娘として養女に出される立場である身で妊娠したなど、父になんと言えばいいのだろう。とうとう私は取り返しのつかないひどい罪を犯してしまったのだ。

だが、その恐れを凌駕《りょうが》してサーディスと生まれてくる赤ちゃんとの三人の生活がまぶたに浮かぶ。フレデリカは首を振り、その幻を追い払った。サーディスがどういう心づもりなのか、見当もつかなかったのだ。

サーディスが妊娠を知ったらどうするだろう。遊びがとんだ面倒なことになったと、すぐに家に突き返されるだろうか。

月のしるしが遅れて二日目、大変な客がやってきた。

フレデリカの居場所をとうとう突き止めた、ダルスコット男爵とクレペラ伯爵、そして継母のイザベラが馬車を連ねて乗り込んできたのだ。

サーディスはフレデリカを部屋に隠し、客人たちと会った。

これまでかとフレデリカは覚悟を決めた。トランクに詰めて持ってきていた自前のドレスを身につけ、荷物もまとめて、部屋も片づけた。父に言いつけられたらすぐにでもドヴァン・ハウスを去れるようにだ。

サーディスはなかなか戻ってこない。フレデリカは気を揉んだ。

小一時間ほどの話し合いのあと、サーディスが部屋に迎えにきた。フレデリカはクレペラ伯爵とダルスコット男爵、イザベラの前に出ることになった。

サーディスにつき添われてフレデリカはみなの待つ部屋に入った。

「フレデリカ」

クレペラ伯爵が立ち上がり、両手を広げた。フレデリカは罪の意識で泣き出してしまいそうなのを必死に堪え、父に深く頭を下げた。

「ごめんなさい……お父様」

クレペラ伯爵は何も言わなかった。だが、フレデリカに近づき、大きな腕でフレデリカをしっかりと抱いた。

「大丈夫。成り行きに任せなさい」

クレペラ伯爵がごく小さく耳打ちした。フレデリカは驚き、父の顔を見たが父は何も言っていないとばかりに知らん顔を決め込んでいる。

イザベラは激怒していた。まなじりは吊り上がり、唇の端がふるふると震え、手袋をした手をぎゅっと拳に握り、もし今鞭《むち》を手にしていたらフレデリカに何度でも振るいそうな様子だ。

フレデリカはイザベラにも謝ったが、彼女は返事をしなかった。たたかれないだけましだ、とフレデリカは思った。イザベラは娘の出奔で恥をかかされたと感じているに違いなかった。

ダルスコット男爵はその場で非常に余裕のある態度に見受けられた。フレデリカは不思議に感じる。この逃避行の一件で、顔を潰されたと一番怒りを覚えていてもよいはずの人だ。

「ミス・フレデリカ」

ダルスコット男爵が声をかけてきた。

「はい」

フレデリカは緊張して彼の近くに一歩進んだ。

「貴方は、私の養女になるという話を受けてくれましたね」

「はい。ダルスコット男爵。おっしゃる通りです」

「では私は、貴方が、奔放なことに若い男性とともに家出をし、このように田舎の男性の屋敷に隠れていたことを許しましょう。決めた通り、私のもとに来てください」

あまりにも寛容な、拍子抜けするような言葉だった。

はい、とフレデリカが承諾し、ダルスコット男爵がフレデリカの手を取り、甲に口づけをしようとしたときだ。サーディスが大きな声を出した。

「そうはさせない。ダルスコット男爵。フレデリカを貴方に渡すわけにはいかない」

「ほう？」

手の甲への口づけを途中でやめてダルスコット男爵はサーディスを見た。

年配のダルスコット男爵と若いサーディスが互いに剣呑《けんのん》な瞳で睨み合う。

「ダルスコット男爵。残念だが、フレデリカは私がいただきます」

「おや、何を言うのです？　ビアーズ侯爵、ミス・フレデリカは私の養女となり、老いていく私の世話をすることがもう決まっているのですよ？」

「ならば奪います」

サーディスが強硬に言うとダルスコット男爵がとつぜん激高した。

「ならば決闘だ！」

フレデリカは驚き、両手で口元を隠す。ダルスコット男爵は興奮してつかつかとサーディスに近寄ると手にしていた手袋をサーディスの足下にたたきつけた。

サーディスが唇の端に微笑を浮かべる。

「いいでしょう。受けて立ちましょう」

サーディスは足下の手袋を拾う。申し込みは受諾された。

「庭に出ろ、サーディス。決闘は拳銃だ。こんなこともあろうかと、私は銃を提携している」

ダルスコット男爵がジャケットをめくり、ヒップホルスターに下げた銃を見せた。

「……それはそれは、準備のよろしいことで」

サーディスは挑発的だった。

「サ、サーディス……やめて……」

フレデリカが思わず彼に近づこうとするとクレペラ伯爵の強い腕が止めた。

「男同士の果たし合いだ。女性が口を挟むものではないよ」

「で、でも……」

フレデリカは細かく震え始めた。

とんでもないことになった。サーディスが決闘だなんて、それも銃を撃ちあう、命がけの果たしあいをするなんて。

サーディスが震えるフレデリカの頰に触れる。

「いつかはこういう日がくると思っていた。待っていてくれ、愛しい人」

え？　とフレデリカが聞き返したときには、サーディスは背を向け、扉に向かって歩み始めている。

愛しい人、と、待っていてくれ、とサーディスは言ったの？

聞き違いかと思うような、短い、だけど、確かに耳を打った。

決闘の準備のために部屋を出たサーディスはほどなく戻ってきた。

手には短銃が握られていた。磨かれた銃身のレリーフが蛇《へび》のようにぎらりと光る。フレデリカはぞっとした。

「立ち会い人にクレペラ伯爵を」

ダルスコット男爵の発案に反対する者はいなかった。

サーディスの準備が整ったのを見て、ダルスコット男爵、クレペラ伯爵は共にテラスから庭に出た。イザベラとフレデリカもあとからついていく。さすがのイザベラも緊張している面持ちだ。

決闘場所には太陽が目に入ってどちらも不利にならない立ち位置を慎重に選んだ。

果たしあいをする二人はまず背中合わせに立ち、合図とともに数を数えて前に十歩歩く。

歩き終えたときに振り返り撃つ、というよく使われているやり方になった。

サーディスは月桂樹に向けて歩き、ダルスコット男爵は噴水の泉に向かって歩く。

今、二人はそれぞれ拳銃を腕に、背中合わせに立っていた。

「では、サーディス侯爵、ダルスコット男爵。よろしいか」

クレペラ伯爵が声をかける。

カウントが始まった。

「……五、六……」

ぴんと張り詰める空気、三人の男の緊張、フレデリカだけが歯の根も合わぬ震えで身体がかたかたと揺れる。

「七、……八、九……」

「やめてぇっ！」

フレデリカは地面を蹴った。

「赤ちゃんの父親を奪わないでっ！」

夢中でサーディスに駆け寄り、その身体を守るように押し倒す。

「十！」

数えきり、ダルスコット男爵が振り向いた。彼の目にもつれて倒れた二人の姿が映る。

「ダルスコット男爵、おねがい！」

フレデリカは叫んだ。

だが無情にもダルスコット男爵は撃鉄を起こした。銃口が定まり、銃声が響き渡る。

銃声は二発だった。

どちらもダルスコット男爵の銃から発射されたものだった。


家に連れ戻されたフレデリカはため息をついていた。ここ数日のことがまるで夢みたいだった。

先のダルスコット男爵とサーディスの決闘は未遂に終わった。

ダルスコット男爵の銃から発射された二発の銃弾は、月桂樹の枝から垂れ下がり、鎌首をもたげていた毒蛇、クロクサリヘビの頭を打ち抜いたものだった。

「ふん、不貞の子を宿した娘を養女になどできないね」

ダルスコット男爵は銃口の火薬の煙を吹き飛ばすと銃をヒップホルスターにしまう。

クレペラ伯爵は尋ねた。

「ダルスコット男爵。では、西コード山の採掘の事業は」

「進めてしまったものは今さらやめられまい」

クレペラ伯爵が伏し目がちに笑った。

「やんちゃな娘がとんだご迷惑を」

ダルスコット男爵がにやりとする。老獪《ろうかい》な笑みに見えた。

サーディスはその場でクレペラ伯爵とイザベラにフレデリカと結婚したいと申し出た。

だがイザベラは娘の妊娠を聞いて再び激怒しておりその申し出に承諾の返事をしない。

ともあれ、フレデリカの居場所がわかったことで、その日からフレデリカは家に連れ戻されることになった。

クレペラ伯爵はフレデリカの軽率な行動に苦言を呈し、しかし、娘が無事に戻ってきたことを心から喜んだ。サーディスを愛しているのかと尋ねられ、フレデリカは自信を持ってそうだと答えた。クレペラ伯爵はきっとフレデリカの力になると力強く約束してくれた。

だがイザベラは怒り心頭に発していて、フレデリカとは目も合わせてくれない。

フレデリカが再び家で過ごすようになってから、クレペラ伯爵とイザベラ夫人は長く話し込むことが多くなった。

フレデリカは、家族に多大な心配をかけたこと、サーディス侯爵にもダルスコット男爵にも迷惑をかけてしまったことを反省し、意気消沈しながらおとなしく日々を過ごした。

家に戻って三日目に、イザベラがフレデリカとサーディスの結婚を承諾したと聞かされた。クレペラ伯爵の誠実な説得が功を奏したらしかった。

二人の婚礼を阻むものはなくなった。

「でも……」

フレデリカの心にはひっかかりがあった。

サーディスはこの結婚を本当に望んでいるのだろうか。放蕩の限りを尽くし、悪い遊びに耽っていた彼は、フレデリカをひとときの玩具と呼び、新しい遊び道具にしていたのだ。

それから、いろいろあり、とうとう身体を結び、子まで成してしまったけれど、サーディスにとってそれはよいことだったのだろうか。彼は家庭を持ち子供を迎えるようなことを本当に願っているのだろうか。

愛しい人、とサーディスは言った。その言葉を信じたい。だが、結婚の申し込みは成り行きだったのではないか。

フレデリカは、その疑念がどうしてもぬぐえない。ダルスコット男爵と決闘のときに、私が妊娠したと口に出して、それを知らせてしまったゆえに仕方なく求婚しているのではないだろうか。

「フレデリカ」

継母のイザベラが部屋に入ってきた。

「お義母様」

フレデリカはソファに預けていた身を起こし、イザベラを迎える。

「ああ、いいのよ。ゆっくり座っていらっしゃいな」

イザベラはにこりと笑った。

サーディスとの結婚を承諾したときから、イザベラは少し変わった。態度が軟化し、フレデリカに笑いかけ、婚礼の準備と赤ん坊を迎える準備にあれこれと世話を焼いてくるようになったのだ。

「貴方の婚礼のときの花嫁ベールに、私のクレペラ伯爵との結婚式で使ったものをまた使いたいと言ってくれたけれど、本当にいいの？　新しいものを新調してもいいのよ」

イザベラは気遣いを見せながら尋ねてくる。フレデリカは微笑み返した。

「ええ。もしお義母様がお許しくださるなら」

本当を言うと、結婚式では実母がかぶったベールを使いたかったが、父が再婚してイザベラが継母になった以上、それは叶わぬことだった。ベールを新調しようかとも考えたが、思い切ってイザベラのものを借りられないかと尋ねてみたのだ。

その申し出をイザベラはことのほか喜んだ。そう、フレデリカの想像以上に彼女は嬉しがり、それ以来二人の母子としての距離がぐっと縮まったように感じられた。

「……私の、思い出のベールをフレデリカが使って清めてくれるのは、本当に嬉しいことだわ」

イザベラがぽつりとつぶやく。

「ねえフレデリカ」

「はい。お義母様」

「私はよい継母ではなかったわ」

フレデリカは驚いてイザベラを見た。

「……貴方にときにはつらく当たってしまっていた。ごめんなさいね。いけないと思っていた。それなのに私はどうしても、クレペラ伯爵の愛を一身に受けている貴方を前にすると、いつも……」

「そんな、お義母様」

フレデリカは言葉を失い、イザベラの手を取った。

「父だってお義母様をとても愛していますわ。再婚がどれだけ父を勇気づけ、支えていたのか私にはよくわかります」

イザベラははっとしたような顔をした。

「サーディス侯爵のドヴァン・ハウスから貴方を連れ戻したあと、クレペラ伯爵は、私にたくさん愛していると おっしゃってくれたの。私をどれだけ深く愛しているか、その愛はフレデリカに与える愛に劣るものではないし、妻として愛しているのだから比べることなどできない、わかって欲しい、と何度も何度も」

「まあ、父が」

フレデリカはイザベラのお惚気《のろけ》に照れた。

「私はクレペラ伯爵と再婚できて幸せだったのに、伯爵の一人娘だった貴方を意識しすぎていた。よい継母になりたかったのに、うまくできなかったのよ」

イザベラの告白はフレデリカにとって驚くものだった。

私は嫌われていたわけではない。ただ、父との関係や立場でイザベラに脅威を与えてしまっていたのだ。それは恐らく、父が、私がよその娘より少しばかり活発でお転婆で自由に振る舞うことを、甘く許し、愛しみ、楽しんでいたせいではないだろうか。

だからといって、父のせいではない。ただ私たちはそれぞれの立場で、それぞれが悩み、困っていたのだ。

「お、お義母様……。私、ちっとも」

だが、フレデリカは何も気づかないふりで首を振った。

「お義母様が来てくださって、可愛い妹たちもできて、にぎやかで楽しい家庭が戻ってきたんですわ」

イザベラはフレデリカの目を見つめた。しばらく見つめあい、それから、二人は少し濡れてしまった目尻を拭い、再び微笑みあった。

「……それはそうと、身体の具合はいかが？　フレデリカ。食事が喉を通らなくなったり、気分が悪くなったりしていないかしら」

「そういうことは、ぜんぜん」

フレデリカはここ数日の体調を思い返しながら答えた。そう、まったく体調に変化がない。妊娠とはこんなものなのだろうか。

「では体調がよい今のうちに婚礼の支度を進めておきましょうね」

「はい。お義母様」

ウェディングドレスの注文、嫁ぎ先に持って行く品々、生まれてくる赤ん坊のための衣類、リネン、支度は山のようにある。

婚礼の支度が具体的に進行していけばいくほど、フレデリカは不安になった。サーディスがこの結婚を心から望んでいると思えなかったからだ。

そんなある日のことだった。

「うそ……」

手洗いに立ったフレデリカは衝撃を受けた。月のしるしが下履きを汚していた。

「……遅れていただけ？　妊娠、していなかった……？」

家中が婚礼の準備で華やいでいる。フレデリカとサーディスの婚約の噂はすでに社交界に広まっていた。

でも、妊娠していないのならこの結婚は白紙に戻るのだろうか。

サーディスがこのことを知ったら、求婚を取り消し、再び自由な独身貴族として遊びに耽る日々を取り返したいと思うのではないか。嫌だ。私は、そんなことになるのは。

ぞくっと冷えが背筋を上る。だが、それは恐ろしく自己中心的な願望だった。妊娠をしていないとわかった以上、私はサーディスを解放してあげるべきだ。

「ビアーズ侯爵がいらっしゃいました」

どきりとした。

妊婦に馬車は障るとフレデリカは外出を控えていた。サーディスに会えるのは彼が訪ねてきてくれたときだけだ。

「三日ぶりだ、フレデリカ」

颯爽《さっそう》と部屋に入ってきたサーディスの美しさにフレデリカはしばし見とれた。金髪を幾筋か含んだブランデー色の髪が揺れる。男らしい唇に刻む微笑み、心温まるような琥珀の瞳。

フレデリカはサーディスを歓迎の微笑みで迎えたが上手に笑えているか自信が持てない。

メイドがお茶のワゴンを運んできた。

サーディスはティーカップに口をつけたが、フレデリカは喉に何かが詰まったように感じてとてもお茶を飲み下せそうにない。

「どうした？　もしかして、つわりというやつか？」

サーディスはフレデリカの異変に気づいたようだった。今となっては彼の見せる優しさがとても痛かった。したくもない結婚でも彼は責任を果たすため一生懸命になっている。サーディスは、昔の性質を取り戻したようにも見て取れた。

だけど、とフレデリカは強く感じた。やはり、彼を縛りつけてはいけない。

「サーディス。私たち結婚の話を進めているけれど……」

フレデリカが思い切って切り出すと、サーディスはとたんに険しい顔つきに変わった。

「私、やっぱり……」

「私のような男と結婚したくないと？」

サーディスはとつぜん獣のように目を光らせた。燦々と日の入るリビングだというのに、サーディスはフレデリカをソファに押し倒す。

だがそこまでだった。サーディスは歯を食いしばり、喉を反らして一度天井を仰ぐと嚙みしめた歯の間からしゅうと息を漏らし、それから深呼吸を何度もする。

「私は、今、いや、いつだって君の身体をめちゃくちゃに愛撫して貫きたいと思っている。

だが、腹の子に障るといけない。私は全身全霊の力を込めて君と子供のために耐えよう」

まだ瞳を濡れたように輝かせながらサーディスが囁いた。

「……これが男にとってどれだけ忍耐力が必要なことかわかるか」

「ええ。……わかるわ」

フレデリカは悲しく微笑んだ。サーディスに官能を教え込まれた今、身体が身体を求める衝動の強さはよく知ったものになっている。

「これほど、君に尽くしている私のどこが不服なんだ」

耐えきれず、フレデリカはぽとりと涙を流した。

「いったいどうしたんだ。フレデリカ」

サーディスが驚いて声をひそめた。

「言いなさい。イザベラ夫人に何か言われたのか？」

「違うわ」

驚いてフレデリカは首を振る。

「でも、サーディス」

フレデリカは両目を手で覆った。

「私、妊娠していなかったの。間違いだったのよ。だから、貴方はもう私と結婚する必要はないのよ」

「フレデリカ!」

サーディスは大きな衝撃を受けた声で叫んだ。

「君は、……君こそ、私のような悪行を重ねた不品行な男と結婚が破談になって嬉しいのか?」

それは悲痛な声だった。フレデリカは目を覆っていた手をどけ、サーディスの首にぎゅっと回して彼の胸に飛び込んだ。

「違うわ! 悲しいの! 結婚する理由がなくなって、貴方から離れなくてはいけないことが死ぬほど悲しい!」

「フレデリカ」

ほっと安心したような声がフレデリカの耳たぶをくすぐった。

「なんだ、そんなことを君は一人で考えて……まったく……」

「じゃあ私たち……?」

「そうだ。予定通り結婚する。この結婚は何者にも邪魔はさせない」

「で、でも、なぜ……? 貴方は、自由な独身の身の上を捨ててまで私と……」

「愛しているからだ」

サーディスは強い調子で言った。

「フレデリカ、君を誰よりも愛しているからだ」

フレデリカはその言葉で全身が薔薇色に染め抜かれていくような気がした。

「本当？　サーディス。だって貴方、私を新しい玩具だとか……」

サーディスはしまったというふうにかすかに顔を歪めた。

「それは、……そうだな、結婚式の晩に、ベッドの中で種明かしをするよ」

「種明かし？」

「ああ。約束する。それより私の婚約者殿、あなたの気持ちをまだ聞いていない」

あ、とフレデリカは気づいた。サーディスの気持ちばかりを気にして、自分の気持ちを伝えていなかった。

睫が触れあいそうな距離まで顔を近づける。そして唇にちゅっとキスをして、フレデリカ少し顔を離した。二人が見つめあえるだけの距離に。

「私、サーディスを愛しているわ。貴方と結婚したいの」

「フレデリカ、私も同じだよ。君が身ごもっていようがいまいが、君を花嫁にして離さない」

それから、二人は家族の目を盗みフレデリカの寝室に潜り込むと愛撫しあった。

継母のイザベラが知ったら堅物の彼女だ、恥知らずな娘だとまた激怒してしまうかもしれない、とフレデリカは思い、いや今の彼女ならウィンクをして父には黙っていてくれるかもしれない、とも思う。

誰にも見つからないように急いで交わったフレデリカとサーディスだったが、性急な交わりでも互いの肉体と心に深い満足をもたらした。


予定通り、ビアーズ侯爵邸でサーディス・ビアーズ侯爵とクレペラ伯爵令嬢フレデリカ・クレペラの華やかな結婚式が行われた。

妊娠が間違いだとわかったので、ウェディングドレスはゆるやかな形から身体にぴったりと添う美しいラインに仕立て直し、フレデリカは誰もが目をみはる世にも麗しい花嫁になった。

花嫁のベールはイザベラのものだ。

イザベラはそれが心から嬉しかったらしい。神の前で結婚の誓いを述べたフレデリカとサーディスが戻ってくると、イザベラはハンカチーフで目尻を拭っていた。

客も大勢祝福に訪れ、放蕩者で鳴らしたサーディスが身を落ち着けることを口々に喜ぶ。そして彼をその気にさせたフレデリカも賞賛に与《あず》かった。

ダルスコット男爵も招待を受けてくれた。彼が、とても心のこもった祝福の辞を贈ってくれたことにフレデリカは驚き、また感謝する。

婚礼の儀が終わり、その後の晩餐会もお開きになり、客人たちが帰っていった。

最後に正面玄関でフレデリカの両親の馬車を見送り、フレデリカとサーディスは目を見合わせた。

いよいよ、これから結婚した二人の初夜が始まる。

「さあ待ちきれない」

サーディスがフレデリカを勢いよく抱き上げると、彼女の靴が足から落ちた。

「あ、サーディス、私の靴が」

「ベッドまで抱いていくのだから靴などいらない」

サーディスは落ちた靴に見向きもせずに、フレデリカを抱き上げたまま玄関ホールの大階段を上っていく。

寝室のドアは気を利かせた使用人が開けていた。

館の主人が花嫁を抱えてドアをくぐるとそのドアは音もなく静かに閉まった。

侯爵邸の主人の改心を聞きつけて戻ってきた使用人たちは、すでに屋敷をぴかぴかに磨き上げていたし、それぞれが誇り高く仕事に励むようになっているらしい。

初夜のベッドには花びらが散らされていた。フレデリカは鮮やかな色合いに目をみはる。

「さあ私の花嫁」

フレデリカをベッドに下ろし、片足にだけ残った靴をサーディスがうやうやしく脱がす。

フレデリカはどきどきした。

靴が終わると、サーディスは今度は広がったスカートの裾からペチコートを一枚ずつ楽しげに脱がしていく。

「おや」

サーディスは、フレデリカの下履きに目をとめ、瞳をきらりと輝かせた。

それは、サーディスがドヴァン・ハウスで注文した、あの秘密の部分が縫い閉じられていない、クロッチレスの下履きだ。

「まさか私の花嫁は……このいやらしい下着を身につけ、婚礼の儀に臨んだのか？」

「い、いやらしいだなんて！」

ひどいわ、とフレデリカはサーディスを睨んだ。サーディスが喜んでくれると信じて、恥ずかしくてもこれを選んだのに……。

フレデリカの瞳がうるんできた。

「とてもいやらしい。だが、それがいい」

サーディスはウェディングドレスのスカートの中に潜り込むと早速割れ目に指を這わす。

「あんっ」

フレデリカが甘い声を上げる
「で、も……サーディス、もっとこっちも……」

フレデリカが唇を丸めてキスを誘うとサーディスがのし上がってきた。濃厚なキスでフレデリカを夢心地に引き込み、ボディスを脱がせ、コルセットの紐を解く。今やベッドの上には白や桜色の花びらの中心にフレデリカの裸体が横たわっている。

「サーディスも脱いで」

彼だけがきらびやかなジャケットを端正に着こんでいるのが悔しい。

「では君が脱がせてくれ」

フレデリカはシーツの上に起き上がった。サーディスのジャケットを肩から落とし、シルクのシャツのボタンを外す。

サーディスの露わになった上半身のつややかな肌はすでに汗ばみ始めていた。しっとりと濡れて輝きを帯びている様はエビア・シルクの輝きのようだとフレデリカはぞくりとしながら思う。

あとはスラックスのボタンだ。少し緊張した。一番上をぷつんと外し、並んだ四つのボタンに手をかけているとそこはますます硬く膨らむ。

「う、痛……、フレデリカ、お手柔らかに」

「え、ええ。気をつけるわ」

硬さと熱さにどきどきしながら苦心して四つのボタンを外すと、サーディスのその器官は、勢いよくフレデリカの手に飛び込んできた。

かちかちに硬くて熱いものが跳ねてぱちんとフレデリカの手をたたく。

「きゃっ」

　思わず悲鳴を上げるとサーディスが笑った。

「さあ、もう私は手加減できない」

　サーディスがフレデリカの手を導いて熱いものを握らせた。

「純白の花嫁衣装の君を抱くのが私の夢だった」

　サーディスはフレデリカにキスを落とすとじっと見つめる。ウェディングドレスの真っ白く清楚《せいそ》なスカートをゆっくりとたくし上げ、ふっと妖しげに微笑むと、身体を回し、顔をフレデリカの足の方に向けた。

「えっ」

　驚くフレデリカにまたがるサーディスは彼女の足を大きく割り、くの字に曲げるとその間に顔を伏せる。

「あ、あっ！」

　ためらうことなくサーディスは舌を花嫁の足の谷間に埋めた。髪を揺らし、フレデリカの秘された谷間を舐め上げる。

「あんっ」

　フレデリカがのけぞるとサーディスの舌はべたりと谷間に張りついた。蜜に濡れた渓谷を尖らせた舌で何度も削る。

「んっ、ん……っ、サーディス……っ」

「君も、私のものに触れてくれ」

「はい……」

フレデリカは両手を伸ばし、サーディスの屹立《きつりつ》に指先を触れさせる。

「あ」

火傷しそうな熱さに驚き、一度手を引いたフレデリカは、サーディスの言いつけを守りたくて屹立を両手で包み込んだ。

「く……」

サーディスの身体が揺れる。再び舌が渓谷を削り始めた。

「あ!、あんっ、ん、サーディスっ」

「どんなふうだ？　フレデリカ」

舌を谷間に埋めたままで意地悪くサーディスが尋ねてきた。

「あっ、あ、すごく……、その、いつもより、動きが逆、だから……」

「これか？」

サーディスが舌を揺らす。

「んぁ、あんっ」

いつもと違う刺激で身体が震えた。サーディスの舌は谷間の水脈をたっぷり味わうと、隠された窟を舌先でつつく。

「ああ！」

フレデリカが身を捩る。

「う」

サーディスがうめいた。フレデリカはサーディスの屹立を指で包んでいたので、身もだえと同時に上下にしごいてしまったらしい。

「ああ、いい……。フレデリカ。そうやって少し強く握っていてくれ」

フレデリカの秘窟を突く舌先がわずかに潜った。

「きゃ、あ、あっ！」

舌はさらに潜り込む。熱く濡れたサーディスの舌はフレデリカの窟壁をぐるりと舐め上げ、さらに舌を伸ばして奥を暴こうと進んでくる。

サーディスが舌を上下に鞭のようにしならせる。尖った舌先と独特の軟らかさを持つ生き物のようなそれが秘窟で暴れる。

「あ、それ、だめ、私……っ」

フレデリカは譫言《うわごと》のようにそれはだめだと繰り返す。サーディスはますます舌を動かす。音を立てて蜜をすする、ぞくぞくした官能がフレデリカの腰から大きく膨らむ。

「ん、く、ぅ……サーディスぅ……っ」

初めての感触に絶え入って、また刺激的な体位にも興奮し、フレデリカはびくびくっと身を震わせて早々に一人で達してしまった。

はあ、はあ、と荒い息が寝室に響いていた。フレデリカは息を整えるのに必死だ。

「フレデリカ……」

サーディスはまだ秘部を舐めていたが、フレデリカの顔に、ぽつ、と水滴が落ちた。

なんだろう、とかすむ目で確かめてみると、サーディスの屹立の先がみるみるうちに露を結び、膨らむとぽつ、としたたり落ちた。こんどはフレデリカの乳房を濡らす。

「サーディス……？」

また膨らんだ露がしたたる前に、フレデリカは首を起こし舌で舐め取った。びく、とサーディスが身体を硬くした。

「う、フレデリカ、よ……せ、……う！」

サーディスは拒んだが露が結ぶ速度は速くなる。フレデリカは夢中でそれを舌ですくう。

両手で熱い屹立を包み、先端に結ぶ蜜を子供のように舐め取る。

サーディスがぶるぶると震えながら身体を回し、顔をフレデリカのほうに向けた。

「まったく、かんべんしてくれ、なんて大胆な……」

サーディスが興奮しきったようにめちゃくちゃに口づけてきた。舌をからめて吸いあうと溢れる唾液にフレデリカの蜜とサーディスの蜜の味が混ざる。

ひとしきり激しく口を吸いあって、ようやくサーディスは唇を離した。

「まったく、私は教えていないのに、なんて淫らな花嫁だ」

大きく開かされた足の間に熱い屹立が押しつけられる。その切っ先は迷うことなくフレデリカの秘窟にぐいと潜っていく。

「あ、あ……！」

フレデリカは小さく叫んだ。痛みではなく熱望だった。

「あ、来て、もっと、奥……っ」

だがサーディスはにやりと笑うと、わざと浅く潜らせたまま秘窟の入り口ばかりを擦る。

「あっ、あんっ。ああんっ」

入り口もまた敏感だった。サーディスは滾る情欲で目を光らせて、フレデリカの浅い場所ばかりを刺激する。

「ちが……っ！　もっと、奥にも来てぇっ」

フレデリカがたまりかねて叫ぶとサーディスは満足したようだった。

ぐいと谷間を押し分けてくるのはサーディスの熱情そのものだ。

「あ、あ！　んんんっ」

最奥まで貫かれ求めたものを手に入れたフレデリカは、しかしまだ満足しなかった。サーディスの背中にしがみつき、ためらいがちに前後に腰を振る。

「く、まったく、なんて……っ」

サーディスも応《こた》えて奥を突く。二人は会話を交わすようにつないだ腰を振り立てる。

灼熱の屹立と溢れる蜜にまみれた内部がぐちゅぐちゅと卑猥な音を鳴らす。

「あっ、あっ、サーディス……っ」

激しく突かれ、根本まで抜かれ、またサーディスは最奥を穿つ。吐息が交差し、汗が散り、新婚夫婦の寝台がぎしぎしと鳴る。

「あっあ！　あああぁ」

フレデリカに絶頂が訪れたとき、サーディスにもまた訪れていた。

二人、天高く放り投げられめくるめく瞬間を共にし、やがて、染み込むような安息が二人を包み、ゆったりとたゆたう。

互いの身体を抱きしめたまま、息が落ち着くのを待ってサーディスがフレデリカの額をこづいた。

「まったく……、君はなんという花嫁だ」

フレデリカは愉悦の余韻に浸りながら首をかしげた。

「君は二年も求婚を拒んで私を焦らしに焦らしていたんだ。初夜のベッドでそんなことをされては私はどうにかなってしまう」

「ええ？」

フレデリカは驚き、夫となったサーディスの顔を見つめる。

「二年もって……、ダルスコット男爵との決闘の日から、一月《ひとつき》も経っていないはずだわ」

今度はサーディスが驚いた。

「二年前から、私が何度も君へ結婚を申し込んでいたのを知らないのか」

フレデリカも驚く。そんな話は聞いたことがなかった。

「君が十三歳のとき、舞踏会の招待に応じてくれただろう？　君が金糸雀色のドレスを着て、父上の他には私とだけ踊ってくれた晩だ。あれからずっと君に焦がれていた。君が十四歳の誕生日を迎える前日に、私はクレペラ伯爵に正式に申し込んだんだ」

「そのとき、父はなんと？」

フレデリカは驚きのあまり片手で口元を隠した。

「フレデリカはまだ幼い。もう少し待ってくれとおっしゃった」

「知らなかったわ……」

「いや、そのときのクレペラ伯爵はフレデリカを手放したくなかったんだ。フローリア夫人もまだ存命で君たちはとても仲のよい家族だった」

実母と父とフレデリカの三人の生活はとても幸せだった。思い出し、フレデリカの胸が震える。

「そのあと、ほどなくして母が亡くなったわ」

「そうだね。つらかったね、フレデリカ」

サーディスがフレデリカのほどけた髪を撫でてくれる。フレデリカは子供のように嘆息した。

「それから、しばらくは遠慮して、またクレペラ伯爵にフレデリカとの結婚を申し込んだ。クレペラ伯爵はなかなか首を縦に振らなかった。きっと寂しかったのだろう。そのうち伯爵は再婚なさった。そこで私はようやく時が巡ってきたとまた申し込んだんだ。すると、今度は、イザベラ伯爵夫人がフレデリカの義理の妹に当たるカトリーナかエレナならすぐにでも婚約させると言った」

「エレナとカトリーナはまだ十歳と九歳よ」

「だから、十四歳になったらすぐにでも嫁に出すと」

「まあ」

フレデリカは驚いた。妹たちの気持ちは関係ないのだろうか。

「だが私が妻にしたいのはフレデリカだ」

サーディスの声に力がこもる。

「何度も申し込み、するとイザベラ伯爵夫人は妹のほうと縁組みするようにと言い張る。話し合いは膠着し、やがて……」

「どうしたの？」

フレデリカの胸に不安が生まれ、サーディスの次の言葉を息をつめて待つ。

「私は、フレデリカ自身が私との結婚を強く拒んでいるのだと思いついた。それは何よりもつらいことだった」

「そんなこと……！」

まさか、とフレデリカは思う。サーディスがここ数年、すっかり人が変わってしまったのには、何か理由があるのではと心配したこともあった。それはまさか……。

「私は自暴自棄になった。君と結婚できない人生に何一つ魅力は感じない。酒を飲んで気を紛らわし、悪い遊びで気を紛らわし、……とても君には言えないことも」

「貴方の生活が荒れていることは耳にしていたわ」

フレデリカは小さな声で言った。心臓が早鐘のように打っていた。

「本当に自分でもどうしようもなかった。君を手に入れることができないとわかったときから、絶望に襲われ、失意のどん底に」

フレデリカはたまらずサーディスの髪を撫でた。張りのある手触りを愛くるしく思いながら、サーディスの話の続きを待つ。

「そうだ。初夜の晩に、ベッドの中で種明かしをすると約束していたことがあるね」

サーディスはフレデリカの顔をいとおしく見つめた。

「話を戻そう。そんな私を気にかけ、心配してくれる人がいたんだ。ダルスコット男爵だ」

「ダン・ダルスコット男爵が？」

「ああ。彼だ。彼はとてもいい男だ。私の亡くなった父と交流があっただけのことはある。ダルスコット男爵はまずしばらく私と賭《か》け事のテーブルやご婦人には言えないような遊戯につき合ってくれた。私たちは男同士の友情を次第に深めていった」

「婦人に言えないような……？　男同士の友情……？」

フレデリカは興味を惹かれたが追及するのは賢く避ける。

「まあ、男には男のつき合い方があるもんだ。なんといっても、私の評判は地に落ちていたから、まともな貴族で私と関わりたがる者はいなかったんだ。ダルスコット男爵は、あるときどちらがたくさん酒を飲めるか、勝負しようと誘ってきた。そして、浴びるように飲んだあげく、最近の君の生活の乱れには理由があるのではないか、何か力になれることはないかと言いだした。私はびっくりして、しこたま酔っていたこともあり、父ほどの齢の彼を前に苦しい胸のうちを洗いざらい話していたよ」

「ダルスコット男爵……いい方だったの？」

「そうだ。彼は心ある男だ」

サーディスの表情が話し始めて初めてゆるんだ。

「父とダルスコット男爵は、西コード山の黄鉄鋼を採掘する事業で資本提携を結んでいたの。私を養女に差し出す話は、その担保のひとつなのだと聞かされていたわ」

「君は、それでたいそう怒り、家出なんて大それたことを実行し、私のもとに飛び込んできた」

「怒ってなんか……、私、あのとき、傷ついていたのよ！」

「そうだったね。すまない」

サーディスが真顔で謝った。

「君が、愛人として差し出されるなどと誤解して大いに傷ついたことの責任を強く感じる」

「誤解？」

フレデリカは目を細めた。あのときの衝撃を思い出すとつらい。

「どういうことなの」

「順を追って話させてくれ。そう、君はたいそう傷ついて、私のもとに飛び込んできた。それは想定外のことだった」

「想定外？」

「どうか聞いてくれ。……君が養女に行く話は計画の序章だったんだ。クレペラ伯爵とダルスコット男爵は、君の祖父グレードナー伯爵を介して面識もあった。そこでダルスコット男爵は西コード山の事業の話を持ちかけて君の父上と信頼関係を築いていった。そして、頃合いを見て、私が数年前からフレデリカ嬢を切望してやまないこと、申し込むたびにフレデリカとの結婚を拒む理由は何かあるのかと尋ねた」

「父はなんと」

「クレペラ伯爵はとても驚いたんだ。それは彼にとっても胸を痛めている案件だった」

「どういうことなの」

「君のあの初めての舞踏会の夜に私と踊っただろう？　クレペラ伯爵とフローリア夫人はあのときの私たちの様子を見て、いずれ娘はビアーズ侯爵家へ嫁ぐことになると予感した。私たちは互いに恋に落ちたと見て取っていたらしい」

「まあ」

フレデリカは頬を染めた。

「ただフレデリカはまだ十三歳だ。結婚には早すぎる。だから、今はまだ時期ではないが時が来れば自然とそのようにことは進むだろうと覚悟はしていたそうだ」

「知らなかったわ」

フレデリカはサーディスの髪から手を引き抜き、口元を押さえた。

「クレペラ伯爵は、最初は可愛いフレデリカを手放したくないあまり、結婚の先延ばしを望まれた。それがやがて再婚したイザベラ夫人の強硬な反対でフレデリカとの結婚の話はまとまらなかった。イザベラ夫人は、ビアーズ侯爵家との縁組みならフレデリカではなく自分の実子でないと嫌だと、その考えに取りつかれていてどうしようもなかった」

何も知らなかった。フレデリカはため息をつく。

「それに、クレペラ伯爵はイザベラ夫人が君にともすれば冷たい態度であたることも気づいていたんだよ」

「父が？」

「ああ。だが、ここであからさまにフレデリカをかばえば、クレペラ伯爵の目の届かないところで君がますますつらい思いをすると考えていたんだ。フレデリカは夫人にとって脅威ではない。イザベラ夫人が継子のフレデリカの愛情を独占しているのではない。どうかイザベラ夫人に安心してもらえば、そうすれば継子のフレデリカにも優しく接することができるはずだと、結婚の話も進むかもしれないと、彼なりにずいぶんと心を砕いていたよ」

「お父様が、そんなふうに……」

父は、表面には現れない形でよい方向を模索してくれていた。再婚しても深い愛情は変わっていなかった。フレデリカのまぶたに、父の思慮深い瞳が浮かんで消える。

「私とダルスコット男爵、クレペラ伯爵はともに酒を飲み、会合を重ねて、なんとか私の望みを叶えさせる方向を模索していた。それであるとき、素晴らしい名案にたどりついた。ダルスコット男爵がフレデリカを自分の養女に迎え、そののちに私に求婚させて、フレデリカの返事がイエスならばダルスコット男爵家からフレデリカを嫁がせると。そんな離れ業的な仕掛けをひねり出したんだ」

「し、仕掛け……？」

また驚いてフレデリカはサーディスをじっと見た。

父はおくびにも出さなかった。いや、そうだろうか。あのとき、あの晩餐《ばんさん》のとき父は私に言った。「お前のためだ。従いなさい」。フレデリカの涙を見ても動じず、だが声には深い愛情がこもっていた。温かい眼差しで、娘を勇気づけるように、力強い声で言ってくれた。

「一方、私も気が気ではなくてね」

サーディスが自嘲《じちょう》するように喉を鳴らす。

「大きな仕掛けで君に求婚するのはいいが、今度こそ、はっきりと君に断られたら私はどうすればいい？　今度こそ、生きていけなくなるのではと……」

「私がサーディスのもとを訪れた晩、窓から私を見ていたとおっしゃったわね」

「眠れないまま三日月を見ていた。あの晩、クレペラ伯爵が君に養女の話をすると聞いていたのでね。……回り始めた歯車は吉と出るか凶と出るか、眠れず、夜が更けていく中……」

「オリオンを駆って私がビアーズ邸を訪ねたのね」

「そうだ」

サーディスは遠い昔を懐かしむような瞳をする。

「私は、君の誤解に驚きとても痛ましく思った。だが、私も君の話に……君の言い分に、たがが外れてしまった」

フレデリカはあの夜のサーディスの気持ちを思いやった。不品行な貴方なら私を汚してもなんとも思わないだろうだとか、恋をしたふりをすればいい、だとか、ずいぶんひどいことを言った。だからあの夜、サーディスは表情を輝かせたり、曇らせたり、そして怒りを露わに窓をたたきつけたりしたのだ。

「私は貴方を傷つけた？」

サーディスは目を見開いた。そして、たっぷりと間を置いてから答えた。

「ああ。とても深くね」

「ごめんなさい」

フレデリカの目尻に涙が結ぶ。

私は自分のことばかり考えて、サーディスの気持ちを思いやる余裕がなかった。

裏で動いている策略を知らなかったとはいえ、なんとひどいことを言ってしまったのかと、私の事情に合わせてくれようとしたサーディスの苦しい胸の内を思うと、苦しくて仕方がない。

「……っ、フレデリカ」

サーディスは息を詰め、唇でフレデリカの涙を吸った。

「泣かないでくれ。フレデリカ。お願いだ泣かないでくれ」

「いいえ。泣きやめないわ」

サーディスのキスをそのままにフレデリカは言い張った。

「私は、貴方を傷つけたことが苦しくて仕方がない」

サーディスははっとして、それ以上は泣くなと言わなかった。

フレデリカは両手で顔を覆い、強い自責の念が自分を痛めつけるのにまかせた。

脳裏にまざまざとよみがえるのは、ビアーズ邸を深夜に訪問したときのサーディスの様子だ。魅力的な琥珀の瞳が輝いたり曇ったり、ときには何かをのみ込んでぐっと耐えているような、めまぐるしく変わる彼の表情、そして今ようやく理解できた苦悩。

だがいつまでも泣いていてはいけない。

誰よりもつらかったのはサーディスだし、今だってサーディスは私を心配している。私も無鉄砲な真似で彼を傷つけた過去の失敗を受け止めよう。そして未来を見つめなくてはならない。

フレデリカは顔を覆っていた手をはずし、サーディスに微笑みかけた。

「泣かせてくれてありがとう」

「いや……」

サーディスは落ち着かなげだった。私が泣いている間、きっとずっと困りきっていたんだわ、とフレデリカにはわかり、ますますサーディスを愛しく感じた。

「それから、貴方の本当の気持ちを教えてくれてありがとう」

フレデリカは涙の乾いた瞳でまっすぐにサーディスに微笑みかけた。

「貴方と結婚できてとても嬉しい」

サーディスの表情がたちまち明るくなり、彼はフレデリカを抱く手に力を込める。

「私もだ。君を妻にできるのは私の至上の喜びだ」

「サーディス」

フレデリカはいとしい夫の頬に指を触れ、滑らせた。

頬をたどる指の軌跡すらいとしい。フレデリカは目を細め、サーディスが微笑み返しながら尋ねた。

「なんだい?」

フレデリカは少し息をつめ、それから、短く、心を込めて言った。

「終わったのよ」

「え」

サーディスがまばたきをする。

「貴方のつらいときは終わったの。これからは私たち、……ずっと幸せよ」

幸せよ、と告げるときにフレデリカは再び泣いてしまいそうになっていた。

でも、サーディスは私の涙を好きではないから、と堪えて心から微笑みかける。

サーディスが大きく瞳を見開いた。だが、その驚きの表情は世にも優雅な微笑みに変わる。

「まったく、君は、なんという……」

ごくりと何かをのみ下し、サーディスの男らしい唇が美しく完璧な弧を描く。

「フレデリカ、いとしい妻よ。君は……」

フレデリカはその微笑みに目を奪われる。

「君は、私の人生に落ちてきた、金色の、極上の、かけがえのない蜜だ」

フレデリカはぱちりと大きな目をまたたかせ、それから、その言葉を反芻した。

それはきっとサーディスの人生にこの結婚で幸せが訪れた、という意味に違いない。

フレデリカの胸に言いようのない嬉しさと誇らしさが湧き上がる。

「ありがとう」

フレデリカはゆっくりと微笑む。

幸せになるのはサーディスだけではない。私もだ。これからきっと、いろいろなことがうまくいく。

「私も、貴方をこよなく愛しているわ。貴方のそばでいつも、いつまでもきっと幸せに……あっ」

フレデリカは最後の言葉まで言えなかった。

サーディスが激しく口づけてきたからだ。

あとがき

こんにちは。

青桃リリカと申します。

このたびは「汚され志願」をお手に取ってくださりありがとうございます。

いやいや、なかなか思い切ったタイトルです。

しかし内容はタイトルの通り。

これ以外は思いつかなくて、タイトル案として出したのですが、ハニー文庫様、二見書房様はよくぞこのタイトルで通してくれました。感謝感謝です。

あとは皆さんが手に取ってくれるかどうか。あとがきを読んでくださっているから興味を持ってくださっているのですよね。ありがとう！

「汚され志願」のあらすじを簡単に紹介します。

ヒロイン、フレデリカ・クレペラが十三歳のときから物語は始まります。フレデリカは活発な娘で、乗馬や木登りが大好き。その日も一人で遠乗りに出かけたのですが、帰宅した彼女に一通の舞踏会の招待状が届いていました。まだまだ幼いフレデリカなので、両親は今回の招待はお断りしようとするのですが、フレデリカはそれが不満でなんとか舞踏会への参加をもぎとり?ます。

招待してくれたのはお隣のサーディス・ビアーズ侯爵。フレデリカは舞踏会で夢のようなひとときを過ごします。

それから三年後、二人の運命は大きく変わっていました。

ヒーローのサーディスはすっかり悪行を成す男になり、フレデリカもまた幸せではなくなっています。そしてサーディスはフレデリカに乞われるまま、非情にも乙女の彼女を汚すことに……。

あらすじはこのへんにしておきます。ただ、この物語を書き終わって思うのはヒーローがけなげで不憫すぎかな、と。

可愛いヒロインとやさぐれているのに忍耐の限りを尽くしてぷるぷるしてしまうヒーロー。どうぞ楽しんでください。

芒 其之一先生の表紙はとても華麗です。本文のイラストもどれも本当に素晴らしい。私は芒　其之一先生の描く雰囲気のある表情が好きでしみじみと見入ってしまいます。

最後になりますが、謝辞を述べさせてください。

素晴らしいイラストを描いてくださった芒　其之一先生、ハニー文庫編集部様、担当様に心より感謝を申し上げます。

かっこよく美しく装丁してくださったデザイナー様、二見書房様の制作担当様、ありがとうございました。

そして何よりも、刺激的なタイトルの「汚され志願」をお手にとってくださり、ページをめくってくださった読者様、本当にありがとうございました。

また他の作品でお目にかかれるとうれしいです。

青桃リリカ

青桃リリカ先生、芒其之一先生へのお便り、
本作品に関するご意見、ご感想などは
〒101-8405
東京都千代田区三崎町2-18-11
二見書房　ハニー文庫
「汚され志願」係まで。

本作品は書き下ろしです

Honey Novel

汚《けが》され志《し》願《がん》

【著者】青桃《あおもも》リリカ

【発行所】株式会社二見書房
東京都千代田区三崎町2-18-11
電話　03(3515)2311［営業］
　　　03(3515)2314［編集］
振替　00170-4-2639
【印刷】株式会社堀内印刷所
【製本】ナショナル製本協同組合

落丁・乱丁本はお取り替えいたします。
定価は、カバーに表示してあります。

ISBN978-4-576-15004-8

http://honey.futami.co.jp/